AF706521

सफर उम्मीदों का

एक उपन्यास

अर्जुन कुमार

सफर उम्मीदों का

© सर्वाधिकार सुरक्षित

यह पुस्तक लेखक की सहमति से प्रकाशित की गई है तथा सामग्री को त्रुटिरहित बनाने के लिए सभी उचित प्रयास किए गए हैं। लेखक की लिखित अनुमति के बिना इस पुस्तक का कोई भी भाग किसी भी रूप में उपयोग या पुनरुत्पादित नहीं किया जा सकता, सिवाय समीक्षात्मक लेखों और समीक्षाओं में उद्धृत संक्षिप्त अंशों के।

यह एक काल्पनिक कृति है। इसमें वर्णित पात्र, घटनाएँ और स्थान लेखक की कल्पना की उपज हैं।

प्रथम संस्करण

हर उस इंसान के नाम

जिसने छोटे कमरे में बैठकर

एक बड़ी ज़िंदगी का सपना देखा है।

प्रस्तावना

कुछ लोग अमीर घरों में पैदा होते हैं,

और कुछ लोग बड़े सपने लेकर।

यह कहानी एक ऐसे लड़के की है

जिसने छोटी सी जिंदगी से बड़े सपने देखे।

जिसने जिम्मेदारियों के बीच जीना सीखा,

मुश्किल समय में भी उम्मीद नहीं छोड़ी।

आरव की कहानी सिर्फ उसकी नहीं है।

यह हर उस इंसान की कहानी है

जिसने छोटे कमरे में बैठकर

एक बेहतर जिंदगी का सपना देखा है।

विषय-सूची

1. आज़मगढ़ से आख़िरी ट्रेन

Azamgarh की सर्द रात धुंध में डूबी हुई थी। रेलवे स्टेशन पीली बुझती हुई लाइटों के नीचे किसी थके हुए इंसान की तरह दिखाई दे रहा था। चाय वाले लगातार "गरम चाय" की आवाज़ लगा रहे थे, लेकिन उनकी आवाज़ों में भी ठंड की थकान साफ महसूस हो रही थी। कुछ यात्री प्लेटफॉर्म पर चादर ओढ़े बैठे थे, कुछ अपने सामान के पास खामोशी से खड़े थे। स्टेशन की पुरानी दीवारों पर नमी जम चुकी थी और हवा इतनी ठंडी थी कि सांस लेते समय सीने में चुभन महसूस हो रही थी।

लेकिन उस रात राजेश शर्मा के लिए दुनिया सिर्फ़ उसी प्लेटफॉर्म तक सीमित हो गई थी।

उनके पास दो पुराने लोहे के ट्रंक रखे थे, जिनके कोनों पर जंग लग चुकी थी। एक बिस्तर की गठरी रस्सी से कसकर बंधी हुई थी। सुनीता अपनी छोटी बेटी को कंधे पर संभाले खड़ी थीं, जबकि दस साल का आरव चुपचाप अपने पिता के पास खड़ा स्टेशन को देख रहा था। उसके चेहरे पर न बचपन वाली उत्सुकता थी और न ही सफ़र का उत्साह। उसकी आँखों में बस एक अजीब-सी बेचैनी थी।

शायद बच्चे दर्द को शब्दों से पहले महसूस करना सीख जाते हैं।

आरव की नज़रें धीरे-धीरे पूरे स्टेशन पर घूम रही थीं। सीढ़ियों के पास वाली चाय की दुकान, पुरानी टूटी हुई बेंच, पान वाले की छोटी-सी दुकान, प्लेटफॉर्म के किनारे लगी लाल रंग की जंग लगी रेलिंग—सब कुछ उसे अचानक बहुत अपना लगने लगा था। जैसे वो हर चीज़ को अपने भीतर हमेशा के लिए सहेज लेना चाहता हो।

"पापा..." उसने धीरे से पूछा।

राजेश ने उसकी तरफ देखा। उनकी आँखों के नीचे थकान साफ दिखाई दे रही थी।

"हाँ बेटा?"

"दिल्ली सच में हमारी ज़िंदगी बदल देगी?"

सवाल सुनते ही राजेश कुछ पल चुप हो गए। गरीब बाप अक्सर उन सवालों के जवाब ढूँढ़ते रहते हैं जिनका भरोसा उन्हें खुद भी नहीं होता। उन्होंने धीरे से स्टेशन की तरफ देखा, फिर बेटे के सिर पर हाथ रखा।

"बदलनी पड़ेगी," उन्होंने धीमी आवाज़ में कहा।

उनके शब्दों में उम्मीद कम और मजबूरी ज़्यादा थी।

सुनीता ने धीरे से साड़ी का पल्लू सिर पर ठीक किया। उनकी आँखों में डर साफ दिखाई दे रहा था। वो बार-बार भीड़ की तरफ देखतीं और फिर अपने परिवार की तरफ। आखिर उन्होंने धीमे स्वर में कहा—

"अभी भी समय है... हम वापस घर जा सकते हैं।"

राजेश ने तुरंत सिर हिला दिया।

"और यहाँ रहकर क्या करेंगे?" उनकी आवाज़ में गुस्सा नहीं था, बस वर्षों की थकान थी। "सालों से दुकान में काम कर रहा हूँ। हर महीने उधार बढ़ता जा रहा है। आरव बड़ा हो रहा है। उसकी पढ़ाई का खर्च बढ़ रहा है। यहाँ रहकर हम बस गुज़ारा कर रहे हैं... ज़िंदगी नहीं।"

सुनीता चुप हो गई। वो जानती थीं कि राजेश गलत नहीं थे। लेकिन घर छोड़ना आसान नहीं होता।

आज़मगढ़ सिर्फ़ एक शहर नहीं था।

वो उनकी पूरी दुनिया था।

वहीं रिश्तेदार थे। वहीं त्योहारों की यादें थीं। वहीं वो गलियाँ थीं जिनमें उनकी शादी के बाद पहली बार कदम पड़े थे। वहीं वो लोग थे जो बिना बुलाए हालचाल पूछ लिया करते थे। दिल्ली उनके लिए सिर्फ़ एक शहर नहीं, एक डर थी।

बहुत बड़ा।

बहुत तेज़।

बहुत कठोर।

तभी दूर से ट्रेन की लंबी सीटी सुनाई दी। प्लेटफॉर्म पर अचानक हलचल बढ़ गई।

"दिल्ली एक्सप्रेस प्लेटफॉर्म नंबर दो पर कुछ ही देर में आएगी।"

घोषणा सुनते ही लोगों ने अपना सामान उठाना शुरू कर दिया। कोई बच्चे को पकड़ रहा था, कोई टिकट ढूँढ़ रहा था, कोई जल्दी-जल्दी सीट नंबर देख रहा था। आरव के दिल की धड़कन तेज़ हो गई।

अब तक दिल्ली सिर्फ़ बातों में थी।

एक ऐसा शहर जहाँ ऊँची इमारतें हैं।

जहाँ पैसे हैं।

जहाँ लोग सफल होते हैं।

लेकिन अब, जब ट्रेन धुंध को चीरती हुई धीरे-धीरे प्लेटफॉर्म पर आ रही थी, दिल्ली अचानक बहुत असली लगने लगी थी।

और डरावनी भी।

ट्रेन रुकते ही प्लेटफॉर्म पर अफरा-तफरी मच गई। कुली ज़ोर-ज़ोर से चिल्लाने लगे। यात्री एक-दूसरे को धक्का देकर अंदर घुसने लगे। बच्चों के रोने की आवाज़ें, लोहे के पहियों की चीख, और लोगों की भागदौड़ ने पूरे माहौल को बेचैन कर दिया।

राजेश ने जल्दी से ट्रंक उठाया।

"आरव, बहन का हाथ पकड़कर रखना," उन्होंने तेज़ आवाज़ में कहा।

बहुत मुश्किल से धक्का-मुक्की के बीच पूरा परिवार स्लीपर कोच में चढ़ पाया। डिब्बे के अंदर लोहे, धूल और पुराने कंबलों की मिली-जुली गंध थी। कुछ लोग पहले से सीट पर फैले हुए थे। कोई खाना निकाल रहा था, कोई जगह को लेकर बहस कर रहा था।

काफी देर की परेशानी के बाद शर्मा परिवार को खिड़की के पास थोड़ी जगह मिल गई।

सुनीता ने तुरंत बेटी को चादर ओढ़ाई। राजेश ने सामान सीट के नीचे रखा और थककर दीवार से टिक गए। लेकिन आरव खिड़की के पास बैठा रहा।

बाहर आज़मगढ़ स्टेशन अभी भी दिखाई दे रहा था।

धुंध में डूबा हुआ।

धीरे-धीरे ट्रेन चलने लगी।

आरव ने खिड़की के शीशे पर सिर टिका दिया।

स्टेशन पीछे छूटने लगा।

चाय की दुकान धुंध में गायब हो गई।

पुरानी बेंच दिखाई देना बंद हो गई।

स्टेशन की पीली लाइटें धीरे-धीरे अंधेरे में खो गईं।

और शायद उसी पल आरव का बचपन भी पीछे छूट गया।

सुनीता ने चुपके से आँसू पोंछे। राजेश ने देखा, लेकिन कुछ नहीं कहा। गरीब परिवारों में लोग अक्सर अपने दर्द को शब्द नहीं देते, क्योंकि ज़िंदगी पहले ही बहुत भारी होती है।

ट्रेन रात के अंधेरे में आगे बढ़ती रही। कुछ यात्री सो गए। कुछ धीरे-धीरे बातें करते रहे। लेकिन आरव जागता रहा।

खिड़की के बाहर खेत अंधेरे में भागते हुए दिखाई दे रहे थे। कभी कोई छोटा स्टेशन आता, फिर गायब हो जाता। रात गहराती जा रही थी, लेकिन आरव की आँखों में नींद नहीं थी।

उस रात पहली बार उसने अपने पिता को सच में समझा।

राजेश दिल्ली इसलिए नहीं जा रहे थे क्योंकि उन्हें अमीर बनना था।

वो इसलिए जा रहे थे क्योंकि आज़मगढ़ में अब उम्मीद छोटी पड़ने लगी थी।

आरव ने अपने पिता के हाथों की तरफ देखा। खुरदरे। थके हुए। मेहनत से भरे हुए। उन्हीं हाथों ने पूरे परिवार को संभाला था। और अब वही हाथ उन्हें एक अनजान शहर की तरफ ले जा रहे थे।

अचानक आरव के अंदर डर पैदा हुआ।

दिल्ली का नहीं।

गरीबी का भी नहीं।

हार जाने का।

क्योंकि वो समझ चुका था—

उसके माता-पिता अपनी पूरी ज़िंदगी उसके सपनों पर दांव लगा रहे थे।

और उसे हारने का हक़ नहीं था।

रात गहरी होती गई। ट्रेन आगे बढ़ती रही। और खिड़की के बाहर गुजरती हुई अंधेरी दुनिया के बीच, आरव ने चुपचाप खुद से एक वादा किया—

एक दिन वो अपने माता-पिता को ऐसी ज़िंदगी देगा जहाँ उन्हें डरकर खर्च गिनना न पड़े।

जहाँ थकान मजबूरी न हो।

जहाँ सपने बोझ न लगें।

क्योंकि कुछ सफ़र सिर्फ़ मंज़िल तक पहुँचने के लिए नहीं होते।

कुछ सफ़र इज़्ज़त कमाने के लिए होते हैं।

2. दिल्ली कभी आसानी से अपनाती नहीं

सुबह के लगभग पाँच बजे ट्रेन धीरे-धीरे Delhi रेलवे स्टेशन पर आकर रुकी। बाहर धुंध अब भी फैली हुई थी, लेकिन आज़मगढ़ की शांत सुबहों से बिल्कुल अलग यहाँ हर चीज़ में बेचैनी थी। प्लेटफॉर्म पर कदम रखते ही ऐसा लगा जैसे पूरा शहर एक साथ भाग रहा हो। कोई ट्रेन पकड़ने के लिए दौड़ रहा था, कोई सामान घसीटते हुए रास्ता बना रहा था, कोई मोबाइल पर तेज़ आवाज़ में बात कर रहा था। ठंडी हवा में धुएँ और चाय की मिली-जुली गंध तैर रही थी।

आरव अपने पिता का हाथ कसकर पकड़े खड़ा था। उसकी छोटी बहन अब भी सुनीता के कंधे पर सो रही थी। राजेश ने जेब से एक पुराना मुड़ा हुआ कागज़ निकाला, जिस पर एक पता लिखा था—जहाँगीर पुरी।

दिल्ली में उनका नया घर।

या शायद सिर्फ़ रहने की जगह।

स्टेशन से बाहर निकलते ही ऑटो वालों ने उन्हें घेर लिया।

"कहाँ जाना है?"

"आओ साहब, जल्दी बैठो।"

"मेट्रो चलोगे?"

राजेश कुछ पल के लिए घबरा गए। इतनी भीड़ और शोर में सोच पाना भी मुश्किल था। उन्होंने धीरे से आरव की तरफ देखा, फिर सामान संभालते हुए बस अड्डे की तरफ बढ़ गए।

दिल्ली की सड़कें सुबह-सुबह भी जाग चुकी थीं। बसें भरी हुई थीं। लोग बिना किसी की तरफ देखे जल्दी-जल्दी चल रहे थे। यहाँ किसी के पास रुकने का समय नहीं था।

बस की खिड़की से बाहर देखते हुए आरव ने पहली बार दिल्ली को महसूस किया। ऊँची-ऊँची इमारतें, बड़े-बड़े बोर्ड, ट्रैफिक, धुआँ, हॉर्न—सब कुछ इतना तेज़ था कि उसे अपना छोटा शहर अचानक बहुत दूर लगने लगा।

"पापा..." उसने धीरे से पूछा, "यहाँ लोग इतने जल्दी में क्यों रहते हैं?"

राजेश ने हल्की मुस्कान दी, लेकिन उनकी आँखों में थकान साफ दिखाई दे रही थी।

"क्योंकि दिल्ली किसी का इंतज़ार नहीं करती।"

उनकी आवाज़ में अनुभव नहीं, मजबूरी थी।

करीब डेढ़ घंटे की लंबी यात्रा के बाद बस जहाँगीर पुरी की तंग गलियों के पास रुकी। सड़क से अंदर जाते ही दिल्ली का दूसरा चेहरा दिखाई देने लगा। ऊपर उलझे हुए बिजली के तार, छोटी-छोटी दुकानें, गली में खेलते बच्चे, कहीं से आती मसालों की खुशबू और कहीं से उठती नालियों की बदबू—सब कुछ एक साथ मौजूद था।

आरव चुपचाप सब देखता रहा।

यह वो दिल्ली नहीं थी जो उसने फिल्मों में देखी थी।

यह असली दिल्ली थी।

संघर्ष वाली दिल्ली।

थकी हुई दिल्ली।

राजेश एक पुराने लोहे के दरवाज़े के सामने रुके। उन्होंने धीरे से दरवाज़ा खटखटाया। कुछ सेकंड बाद अंदर से एक आदमी बाहर आया।

"आ गए?" उसने पूछा।

"जी," राजेश ने सिर हिलाया।

आदमी उन्हें अंदर लेकर गया। सीढ़ियाँ संकरी थीं और दीवारों पर सीलन जमी हुई थी। ऊपर पहुँचकर उसने एक छोटा-सा कमरा खोल दिया।

"यही है।"

कमरे को देखकर कुछ पल के लिए सब खामोश हो गए।

कमरा इतना छोटा था कि चार लोग सीधे लेट जाएँ तो चलने की जगह मुश्किल से बचे। छत पर पानी के पुराने निशान थे। एक कोने में छोटा-सा किचन जैसा हिस्सा बना हुआ था। दीवारों पर पुरानी नमी जमी थी और कमरे के बीच में लटकता एक कमजोर बल्ब पूरे कमरे को मुश्किल से रोशन कर रहा था।

सुनीता ने धीरे-धीरे कमरे को देखा।

उनकी आँखों में कई सवाल थे।

लेकिन उन्होंने कुछ नहीं कहा।

बस हल्की मुस्कान के साथ बोलीं—

"कम से कम सिर छुपाने की जगह तो है।"

राजेश ने उनकी तरफ देखा। वो समझ रहे थे कि यह मुस्कान असली नहीं थी। लेकिन गरीब परिवारों में लोग अक्सर अपने दर्द को छुपाकर उम्मीद की तरह पेश करते हैं।

उस रात पूरा परिवार फर्श पर बिछे गद्दे पर सोया। बाहर गली में देर रात तक आवाज़ें आती रहीं। कहीं टीवी चल रहा था, कहीं कोई बहस कर रहा था, कहीं बच्चे अब भी खेल रहे थे।

लेकिन आरव की आँखों में नींद नहीं थी।

वो छत को देखता रहा।

उसे आज़मगढ़ याद आ रहा था।

घर के बाहर का खुला आसमान।

शाम की शांति।

मोहल्ले के लोग।

सड़क के किनारे बैठकर दोस्तों के साथ बातें करना।

सब कुछ।

दिल्ली अचानक बहुत अकेली लगने लगी थी।

अगली सुबह राजेश उसे पास के सरकारी स्कूल ले गए। स्कूल की इमारत पुरानी थी। दीवारों का पेंट उखड़ चुका था। मैदान में बच्चे तेज़ आवाज़ में खेल रहे थे।

ऑफिस के बाहर खड़े हुए आरव के हाथ ठंड से नहीं, डर से काँप रहे थे।

नई जगह।

नए लोग।

नई ज़िंदगी।

"डर मत," राजेश ने उसके कंधे पर हाथ रखते हुए कहा। "पढ़ाई ही आदमी की किस्मत बदलती है।"

आरव ने धीरे से सिर हिलाया।

क्लासरूम में दाखिल होते ही कई बच्चों की नज़रें उस पर टिक गईं। उसके साधारण कपड़े, पुराने जूते और गाँव वाला लहजा तुरंत सबको अलग लगा।

एक लड़के ने धीरे से दूसरे से कहा—

"लगता है गाँव से आया है।"

कुछ बच्चे हँस पड़े।

आरव ने तुरंत नज़रें झुका लीं।

दिल्ली ने अपना पहला स्वागत कर दिया था।

पूरा दिन वो क्लास के आखिरी बेंच पर चुपचाप बैठा रहा। लंच ब्रेक में भी वो अकेला था। बाकी बच्चे अपने दोस्तों के साथ बातें कर रहे थे, लेकिन उसके पास कोई नहीं आया।

शाम को घर लौटते समय उसने देखा कि उसके पिता सड़क किनारे खड़े होकर एक दुकानदार से काम माँग रहे थे। उनकी आवाज़ में झिझक थी।

मजबूरी इंसान से उसका आत्मसम्मान धीरे-धीरे छीन लेती है।

उस रात खाना खाते समय सुनीता ने पूछा—

"स्कूल कैसा था?"

आरव कुछ पल चुप रहा।

फिर मुस्कुराकर बोला—

"अच्छा था।"

झूठ बोलना उसने उसी दिन सीख लिया।

क्योंकि वो अपने माता-पिता की परेशानियों में अपनी तकलीफ़ जोड़ना नहीं चाहता था।

रात को जब सब सो गए, वो धीरे से उठकर खिड़की के पास गया। बाहर दिल्ली अब भी जाग रही थी। दूर सड़क पर गाड़ियों की आवाज़ें लगातार सुनाई दे रही थीं।

उसने शहर की तरफ देखा और मन ही मन कहा—

"एक दिन मैं भी इस शहर में अपनी जगह बना लूँगा।"

क्योंकि कुछ लोग शहर बदलने नहीं आते।

वो अपनी किस्मत बदलने आते हैं।

3. बारिश के पास खड़ी लड़की

दिल्ली में आए हुए लगभग तीन महीने हो चुके थे, लेकिन आरव अब भी इस शहर का हिस्सा महसूस नहीं करता था।

हर सुबह उसकी शुरुआत एक जैसी होती। गली के आखिर में लगे सार्वजनिक नल से पानी भरना, फिर जल्दी-जल्दी तैयार होकर स्कूल जाना। रास्ते में भीड़भरी बसें, धुएँ से भरी सड़कें और लोगों की भागदौड़ अब उसकी आदत बनने लगी थी, लेकिन अपनापन अब भी कहीं नहीं था।

स्कूल में भी हालात बहुत अलग नहीं थे।

कुछ बच्चे अब उसका मज़ाक खुलकर नहीं उड़ाते थे, लेकिन उसे अपने बीच का नहीं मानते थे। वो क्लास के आखिरी बेंच पर बैठता, चुपचाप पढ़ाई करता और घंटी बजते ही घर लौट आता।

उसकी दुनिया बहुत छोटी हो चुकी थी—

स्कूल।

कमरा।

किताबें।

और माता-पिता की चिंता।

लेकिन शायद ज़िंदगी हमेशा एक जैसी नहीं रहती।

उस दिन भी मौसम बिल्कुल सामान्य था। दोपहर तक तेज़ धूप थी, लेकिन छुट्टी से थोड़ी देर पहले अचानक आसमान काला पड़ने लगा। खिड़कियों से तेज़ हवा अंदर आने लगी। कुछ ही मिनटों में बारिश शुरू हो गई।

दिल्ली की बारिश अजीब होती है।

अचानक आती है।

और पूरे शहर को कुछ देर के लिए धीमा कर देती है।

स्कूल के बच्चे भागकर गलियारों में आ गए। कोई हाथ बाहर निकालकर बारिश की बूंदें पकड़ रहा था, कोई चिल्ला रहा था, कोई मोबाइल से वीडियो बना रहा था।

लेकिन आरव खिड़की के पास खड़ा बस बारिश को देख रहा था।

उसे आज़मगढ़ याद आ रहा था।

वहाँ बारिश अलग होती थी।

मिट्टी की खुशबू पूरे मोहल्ले में फैल जाती थी। बच्चे गलियों में भीगते हुए भागते थे। शाम को घर की छत पर बैठकर चाय पी जाती थी।

दिल्ली की बारिश में भीड़ थी।

शोर था।

लेकिन अपनापन नहीं था।

“तुम्हें बारिश पसंद है?”

अचानक उसके पास किसी की आवाज़ आई।

आरव ने मुड़कर देखा।

एक लड़की खड़ी थी।

स्कूल की नीली यूनिफॉर्म, हाथों में किताबें और चेहरे पर बहुत शांत-सी मुस्कान।

आरव उसे पहचानता था।

वो उसी की क्लास में थी।

काव्या मेहरा।

क्लास की सबसे तेज़ लड़कियों में से एक।

“हाँ,” आरव ने धीरे से जवाब दिया, “थोड़ी।”

काव्या मुस्कुराई।

“थोड़ी? लोग तो बारिश देखकर खुश हो जाते हैं।”

आरव कुछ सेकंड चुप रहा।

फिर बोला—

“बारिश घर याद दिलाती है।”

काव्या की मुस्कान हल्की-सी धीमी पड़ गई।

“तुम यूपी से हो ना?”

“आज़मगढ़।”

“ओह...”

कुछ पल दोनों चुप रहे। बाहर बारिश तेज़ हो चुकी थी। मैदान में पानी भरने लगा था और बच्चे अब भी शोर मचा रहे थे।

लेकिन उस भीड़ और आवाज़ों के बीच, दोनों के बीच एक अजीब-सी शांति थी।

“दिल्ली कैसी लग रही है?” काव्या ने पूछा।

आरव हल्का-सा हँसा।

"सच बोलूँ?"

"हूँ।"

"बहुत बड़ी... और बहुत अकेली।"

काव्या ने पहली बार उसे ध्यान से देखा।

उसकी आँखों में शिकायत नहीं थी।

बस थकान थी।

उम्र से ज़्यादा समझदारी वाली थकान।

"आदत हो जाएगी," उसने धीरे से कहा।

आरव ने खिड़की के बाहर देखते हुए जवाब दिया—

"शायद।"

घंटी बज चुकी थी, लेकिन बारिश इतनी तेज़ थी कि कोई बाहर नहीं जा पा रहा था। बच्चे धीरे-धीरे गलियारों में बैठने लगे।

काव्या भी वहीं दीवार से टिककर बैठ गई।

"तुम हमेशा इतने चुप रहते हो?" उसने पूछा।

"शायद।"

"तुम हर जवाब में शायद क्यों बोलते हो?"

इस बार आरव सच में हल्का मुस्कुराया।

"क्योंकि दिल्ली आने के बाद किसी चीज़ का यकीन नहीं रहा।"

काव्या कुछ पल उसे देखती रही।

फिर धीरे से बोली—

"तुम बाकी लोगों जैसे नहीं हो।"

"अच्छा या बुरा?"

"अलग।"

बारिश अब धीरे-धीरे कम होने लगी थी। आसमान अब भी धुंधला था, लेकिन हवा पहले से ठंडी हो चुकी थी।

बच्चे एक-एक करके बाहर जाने लगे।

काव्या उठी और अपनी किताबें संभालते हुए बोली—

"चलो, वरना बस निकल जाएगी।"

दोनों साथ-साथ स्कूल के बाहर तक आए। सड़क पर पानी जमा था। गाड़ियों के गुजरने से छींटे उड़ रहे थे।

बस स्टॉप तक पहुँचते-पहुँचते आरव ने महसूस किया कि बहुत दिनों बाद उसके अंदर थोड़ी शांति है।

जैसे इस अजनबी शहर में पहली बार किसी ने उसे सच में देखा हो।

बस आने लगी।

काव्या चढ़ते-चढ़ते रुकी।

"कल मिलते हैं, आज़मगढ़।"

आरव चौंका।

"क्या?"

काव्या हँस पड़ी।

"नाम लंबा है। याद रखने के लिए शहर से बुला रही हूँ।"

बस चल पड़ी।

आरव सड़क पर खड़ा उसे जाते हुए देखता रहा।

बारिश अब लगभग रुक चुकी थी।

लेकिन उसके अंदर कुछ नया शुरू हो चुका था।

कभी-कभी ज़िंदगी बदलने के लिए बड़े पलों की ज़रूरत नहीं होती।

कभी-कभी सिर्फ़ बारिश के पास खड़ी एक लड़की काफी होती है।

4. कमज़ोर रोशनी वाली रातें

उस रात बारिश तो रुक गई थी, लेकिन आरव के भीतर कुछ अब भी भीग रहा था। वह खिड़की के पास बैठा देर तक बाहर देखता रहा। गली की सड़क पर पानी जमा था और स्ट्रीट लाइट की पीली रोशनी उस पानी में टूटकर बिखर रही थी। कहीं दूर से आती गाड़ियों की आवाज़ें लगातार रात को ज़िंदा बनाए हुए थीं। दिल्ली शायद कभी पूरी तरह सोती नहीं थी।

कमरे के अंदर सुनीता पुराने कपड़े तह कर रही थीं। छोटी बहन उनके पास गहरी नींद में सो चुकी थी। राजेश अभी तक काम से वापस नहीं आए थे। घड़ी ने रात के दस बजा दिए थे, लेकिन दरवाज़ा अब भी बंद था। सुनीता बार-बार बाहर झाँकतीं और फिर चुपचाप वापस बैठ जातीं। उनके चेहरे पर चिंता साफ दिखाई दे रही थी।

"माँ..." आरव ने धीरे से पूछा, "पापा रोज़ इतनी देर से आते हैं?"

सुनीता ने हल्की मुस्कान लाने की कोशिश की।

"दिल्ली में काम जल्दी कहाँ खत्म होता है बेटा।"

लेकिन उनकी आवाज़ बता रही थी कि बात सिर्फ़ काम की नहीं थी।

करीब आधे घंटे बाद दरवाज़ा खुला। राजेश अंदर आए। उनकी शर्ट पसीने और धूल से भरी हुई थी। आँखों में थकान इतनी गहरी थी जैसे कई दिनों से ठीक से सोए ही न हों। हाथों की नसें उभरी हुई थीं और चेहरा बुझा हुआ लग रहा था।

सुनीता तुरंत उठीं।

"इतनी देर क्यों हो गई?"

राजेश ने बैग नीचे रखा और दीवार से टिक गए।

"दुकान में माल उतरवाना था," उन्होंने थकी हुई आवाज़ में कहा। "दो आदमी नहीं आए थे आज।"

उनकी साँसें तेज़ चल रही थीं। आरव चुपचाप उन्हें देखता रहा। उसने पहली बार अपने पिता को इतना टूटा हुआ देखा था। लेकिन सबसे अजीब बात ये थी कि राजेश फिर भी मुस्कुरा रहे थे।

"और पढ़ाई कैसी चल रही है?" उन्होंने सीधे आरव से पूछा।

आरव कुछ सेकंड तक उन्हें देखता रहा, फिर धीरे से बोला—

"ठीक है।"

राजेश ने सिर हिलाया।

"बस यही मत छोड़ना। हम जैसे लोगों के पास पढ़ाई के अलावा कुछ नहीं होता।"

कमरे में कुछ पल के लिए खामोशी छा गई। बाहर कहीं कुत्ते भौंक रहे थे। ऊपर वाले कमरे से टीवी की आवाज़ आ रही थी। लेकिन उस छोटे से कमरे के भीतर सिर्फ़ थकान थी।

और जिम्मेदारियाँ।

उस रात खाना खाते समय भी राजेश बार-बार खर्चों की बात करते रहे।

"इस महीने किराया भी देना है।"

"स्कूल की फीस भी आ जाएगी।"

"बिजली का बिल अलग।"

सुनीता चुपचाप सुनती रहीं। गरीब घरों में बातें कम और हिसाब ज़्यादा होता है।

खाना खत्म होने के बाद सब सो गए, लेकिन आरव जागता रहा। कमरे की पीली कमजोर रोशनी दीवार पर अजीब-सी परछाइयाँ बना रही थी। उसने धीरे से अपनी किताब खोली। गणित का अध्याय सामने था, लेकिन उसका ध्यान अंकों पर नहीं था।

उसके दिमाग में सिर्फ़ पिता का चेहरा घूम रहा था।

थकी हुई आँखें।

पसीने से भीगे कपड़े।

और वो मुस्कान...

जो शायद सिर्फ़ बच्चों को डर से बचाने के लिए होती है।

उसने धीरे से खिड़की खोली। ठंडी हवा अंदर आई। नीचे गली में कुछ लड़के अब भी हँसते हुए बातें कर रहे थे। किसी घर से दाल में तड़के की खुशबू आ रही थी। दूर कहीं पुलिस की गाड़ी का सायरन सुनाई दिया।

दिल्ली जाग रही थी।

और उसके साथ आरव भी।

उसने किताब पर झुकते हुए खुद से कहा—

"मुझे सफल होना ही होगा।"

अब ये सपना नहीं था।

ये ज़रूरत थी।

अगले कुछ दिनों में उसकी ज़िंदगी और सीमित हो गई। स्कूल, घर और पढ़ाई—बस यही उसकी दुनिया थी। लेकिन इन सबके बीच एक चीज़ बदल चुकी थी।

काव्या।

अब वो रोज़ उससे बात करने लगी थी। कभी क्लास के बाद, कभी लाइब्रेरी में, कभी बस स्टॉप पर। और अजीब बात ये थी कि उसके साथ रहते हुए आरव को कुछ देर के लिए अपनी परेशानियाँ हल्की लगने लगती थीं।

एक दिन लंच ब्रेक में काव्या ने पूछा—

“तुम हमेशा इतने सीरियस क्यों रहते हो?”

आरव हल्का मुस्कुराया।

“क्योंकि ज़िंदगी मज़ाक नहीं कर रही।”

काव्या कुछ पल चुप रही।

फिर बोली—

“तुम्हारी उम्र के लड़के क्रिकेट, फिल्म और मोबाइल की बात करते हैं।”

आरव ने धीरे से जवाब दिया—

“और मेरी उम्र के लड़कों के पिता इतने थके हुए नहीं होते।”

काव्या पहली बार पूरी तरह चुप हो गई। उसने महसूस किया कि आरव की आँखों में बचपना बहुत पहले खत्म हो चुका था।

उस दिन बारिश फिर शुरू हुई थी। स्कूल की लाइब्रेरी की खिड़की से बाहर देखते हुए काव्या ने धीरे से पूछा—

“तुम्हें कभी डर नहीं लगता?”

आरव ने कुछ पल सोचा।

फिर बोला—

“हर रोज़ लगता है।”

“फिर भी इतने शांत कैसे रहते हो?”

आरव ने खिड़की के बाहर देखा।

“क्योंकि अगर मैं डर गया... तो मेरे घर वाले टूट जाएँगे।”

उस जवाब के बाद काव्या बहुत देर तक कुछ नहीं बोल पाई। शायद उसी दिन उसने पहली बार आरव को सच में समझना शुरू किया।

उस लड़के को...

जो उम्र से पहले बड़ा हो गया था।

उस रात जब आरव घर लौटा तो बिजली चली गई थी। कमरा अंधेरे में डूबा हुआ था। सुनीता मोमबत्ती जला रही थीं और राजेश चुपचाप हाथ से पंखा झल रहे थे।

कमजोर मोमबत्ती की रोशनी में पूरा कमरा और छोटा लग रहा था।

लेकिन उसी रोशनी में आरव ने अपनी किताब खोल ली।

राजेश ने उसे देखा।

"अंधेरे में पढ़ेगा?"

आरव ने हल्की मुस्कान दी।

"रोशनी कम है पापा... सपना नहीं।"

राजेश कुछ सेकंड उसे देखते रहे।

फिर धीरे से दूसरी तरफ देखने लगे।

शायद इसलिए कि उनकी आँखें भर चुकी थीं।

उस रात कमजोर रोशनी में बैठा एक लड़का सिर्फ़ पढ़ाई नहीं कर रहा था।

वो अपने पूरे परिवार की किस्मत लिख रहा था।

5. कुछ लोग सुकून जैसे होते हैं

दिल्ली में सर्दियाँ धीरे-धीरे बढ़ने लगी थीं। सुबह की हवा अब पहले से ज़्यादा ठंडी हो चुकी थी और जहाँगीर पुरी की गलियों में धूप देर से पहुँचती थी। आरव अब रोज़ सुबह जल्दी उठने लगा था। स्कूल जाने से पहले वो गली के आखिर वाले नल से पानी भरता, फिर जल्दी-जल्दी तैयार होकर बस पकड़ने निकल जाता।

उसकी ज़िंदगी अब इतनी व्यवस्थित हो चुकी थी कि हर दिन लगभग पिछले दिन जैसा ही लगता था।

लेकिन उन दिनों एक चीज़ धीरे-धीरे बदल रही थी।

काव्या।

अब वो सिर्फ़ क्लास की लड़की नहीं रह गई थी। उसकी मौजूदगी आरव के दिनों का हिस्सा बनने लगी थी। कभी वो लाइब्रेरी में उसके लिए सीट बचाकर रखती, कभी बिना पूछे अपनी नोटबुक दे देती, कभी बस स्टॉप पर खड़ी उसका इंतज़ार करती।

और सबसे अजीब बात ये थी कि आरव को उसकी आदत होने लगी थी।

उस दिन स्कूल में प्रैक्टिकल क्लास जल्दी खत्म हो गई थी। बाकी बच्चे मैदान में चले गए, लेकिन आरव लाइब्रेरी में बैठा नोट्स बना रहा था। बाहर हल्की धूप थी और खिड़की से आती ठंडी हवा किताबों के पन्ने हिला रही थी।

तभी सामने वाली कुर्सी खिसकी।

आरव ने सिर उठाया।

काव्या थी।

उसने बिना कुछ कहे अपना बैग रखा और उसकी तरफ देखने लगी।

"क्या हुआ?" आरव ने पूछा।

"कुछ नहीं।"

"फिर ऐसे क्यों देख रही हो?"

काव्या हल्का-सा मुस्कुराई।

"तुम हमेशा इतने खोए हुए क्यों रहते हो?"

आरव कुछ सेकंड चुप रहा।

फिर बोला—

"शायद आदत है।"

"इतनी छोटी उम्र में इतनी बड़ी बातें कैसे कर लेते हो?"

इस बार आरव मुस्कुराया नहीं।

उसने धीरे से पेन बंद किया और खिड़की के बाहर देखने लगा।

"जब घर में पैसों की चिंता हो ना... तो इंसान जल्दी बड़ा हो जाता है।"

काव्या चुप हो गई।

उसे समझ नहीं आ रहा था कि वो क्या कहे।

क्योंकि वो जानती थी कि आरव दिखने में भले शांत लगता हो, लेकिन उसके भीतर लगातार कुछ चल रहा होता है।

कुछ ऐसा... जो उसे चैन से जीने नहीं देता।

कुछ देर बाद काव्या ने धीरे से पूछा—

"तुम्हें कभी गुस्सा नहीं आता?"

आरव ने उसकी तरफ देखा।

"किस बात पर?"

"ज़िंदगी पर।"

ये सवाल सुनकर वो हल्का-सा हँसा।

लेकिन उस हँसी में खुशी नहीं थी।

"गुस्सा करने का टाइम नहीं है।"

उस जवाब के बाद दोनों कुछ देर चुप रहे। लाइब्रेरी लगभग खाली हो चुकी थी। दूर कोने में बैठा लाइब्रेरियन उनींदी आँखों से अखबार पढ़ रहा था।

बाहर हवा और ठंडी हो चुकी थी।

काव्या ने धीरे से अपना टिफिन उसकी तरफ बढ़ाया।

"लो।"

आरव ने तुरंत सिर हिलाया।

"नहीं, मैं खा चुका।"

"झूठ।"

"सच।"

"आरव..."

उसने पहली बार उसका नाम इतने धीरे से लिया था कि आरव कुछ पल के लिए चुप हो गया।

"सुबह से सिर्फ़ चाय पी है तुमने।"

आरव ने हैरानी से उसकी तरफ देखा।

"तुम्हें कैसे पता?"

काव्या हल्का मुस्कुराई।

"तुम्हारी आँखें बता देती हैं।"

कुछ सेकंड तक दोनों एक-दूसरे को देखते रहे।

फिर आरव ने धीरे से टिफिन ले लिया।

उस छोटे-से पल में कुछ ऐसा था जिसे दोनों समझ तो रहे थे... लेकिन नाम नहीं दे पा रहे थे।

शाम को स्कूल से लौटते समय मौसम अचानक बदल गया। आसमान में बादल घिर आए और ठंडी हवा चलने लगी। बस स्टॉप पर भीड़ बढ़ती जा रही थी।

आरव और काव्या साथ खड़े थे।

"तुम्हें दिल्ली अब भी बुरी लगती है?" काव्या ने पूछा।

आरव ने सड़क की तरफ देखते हुए कहा—

"दिल्ली बुरी नहीं है... बस थका देती है।"

"और आज़मगढ़?"

उसकी आँखों में हल्की चमक आ गई।

"वो घर था।"

काव्या कुछ पल उसे देखती रही।

फिर धीरे से बोली—

"शायद इंसान जहाँ सुकून महसूस करे... वही घर होता है।"

आरव ने उसकी तरफ देखा।

उस पल पहली बार उसे महसूस हुआ कि शायद वो काव्या के साथ थोड़ा सुकून महसूस करने लगा है।

बस आ चुकी थी। लोग जल्दी-जल्दी चढ़ने लगे। भीड़ में धक्का लगने से काव्या का संतुलन बिगड़ा, लेकिन आरव ने तुरंत उसका हाथ पकड़ लिया।

कुछ सेकंड।

बस कुछ सेकंड।

लेकिन उन कुछ सेकंड में दोनों की धड़कनें अचानक तेज़ हो गईं।

काव्या ने धीरे से अपना हाथ छुड़ाया।

"थैंक यू..."

आरव ने कुछ नहीं कहा।

बस खिड़की के बाहर देखने लगा।

लेकिन उस दिन पहली बार उसे डर लगा।

इसलिए नहीं कि वो असफल हो जाएगा।

बल्कि इसलिए...

कहीं उसे काव्या की आदत न हो जाए।

क्योंकि कुछ लोग ज़िंदगी में शोर की तरह नहीं आते।

वो धीरे-धीरे सुकून बन जाते हैं।

6. दिल्ली की ठंडी शामें

सर्दियाँ अब पूरी तरह Delhi पर उतर चुकी थीं। सुबह की धुंध देर तक गलियों में अटकी रहती और शाम होते-होते हवा इतनी ठंडी हो जाती कि हाथ जेब से बाहर निकालने का मन नहीं करता। लेकिन गरीब लोगों की ज़िंदगी मौसम देखकर नहीं रुकती। उन्हें ठंड, गर्मी, बारिश—हर मौसम में चलना पड़ता है। क्योंकि रुकना सिर्फ़ अमीर लोगों के हिस्से में आता है।

राजेश अब पहले से ज़्यादा काम करने लगे थे। कपड़ों की दुकान में सर्दियों का सीज़न शुरू हो चुका था। सुबह दुकान खोलने से पहले माल उतरवाना, दिनभर ग्राहकों के बीच भागना, फिर रात तक हिसाब-किताब—उनकी ज़िंदगी धीरे-धीरे मशीन बनती जा रही थी। कई बार वो इतने थके हुए घर लौटते कि खाना खाते-खाते ही सो जाते।

सुनीता चुपचाप उन्हें देखती रहतीं।

एक पत्नी अपने पति की थकान शब्दों से पहले समझ जाती है।

वो जानती थीं कि राजेश खुद को धीरे-धीरे खत्म कर रहे हैं। लेकिन मजबूरी इंसान को आराम करने का अधिकार नहीं देती।

उस रात बाहर बहुत घना कोहरा था। गली की स्ट्रीट लाइटें धुंध में ऐसे दिखाई दे रही थीं जैसे किसी ने पीले रंग के छोटे-छोटे धब्बे हवा में टाँग दिए हों। कमरे के अंदर ठंड और सीलन दोनों बढ़ चुकी थीं।

घड़ी ने रात के ग्यारह बजा दिए थे।

लेकिन राजेश अब तक घर नहीं लौटे थे।

सुनीता बार-बार दरवाज़े की तरफ देखतीं, फिर चुपचाप चूल्हे के पास बैठ जातीं। खाना ठंडा हो चुका था। आरव किताब खोले बैठा था, लेकिन उसका ध्यान पढ़ाई में नहीं था।

हर पाँच मिनट बाद उसकी नज़र दरवाज़े पर चली जाती।

आख़िरकार दरवाज़ा खुला।

राजेश अंदर आए।

उनकी चाल लड़खड़ा रही थी।

शर्ट पसीने और धूल से भीगी हुई थी। माथे पर पसीना जमा था, जबकि बाहर कड़ाके की ठंड थी। उन्होंने बैग नीचे रखा और बिना कुछ बोले दीवार से टिककर बैठ गए।

सुनीता तुरंत उनके पास पहुँचीं।

"क्या हुआ?"

राजेश ने आँखें बंद कर लीं।

"कुछ नहीं... बस थोड़ा चक्कर आ गया था दुकान पर।"

उनकी आवाज़ बहुत धीमी थी।

आरव तुरंत उठकर उनके पास आ गया।

"डॉक्टर के पास चलते हैं पापा।"

राजेश हल्का हँसे।

वो हँसी बहुत कमजोर थी।

"डॉक्टर पैसे वालों के लिए होते हैं बेटा।"

"लेकिन तबीयत—"

"कुछ नहीं हुआ मुझे।"

उन्होंने बात काट दी।

गरीब आदमी बीमारी से पहले खर्च सोचता है।

यही उसकी सबसे बड़ी मजबूरी होती है।

उस रात आरव देर तक जागता रहा। कमरे की कमजोर रोशनी में उसके पिता का चेहरा और थका हुआ लग रहा था। उसने पहली बार महसूस किया कि उसके पिता बूढ़े होने लगे हैं।

और ये एहसास उसे अंदर तक डरा गया।

क्योंकि बचपन में हमें लगता है कि पिता हमेशा मजबूत रहेंगे।

लेकिन एक दिन अचानक समझ आता है—

ज़िम्मेदारियाँ इंसान को समय से पहले बूढ़ा कर देती हैं।

अगली सुबह स्कूल में प्री-बोर्ड परीक्षा की घोषणा हुई। पूरी क्लास अचानक गंभीर हो गई। बच्चे ट्यूशन, कोचिंग और टेस्ट सीरीज़ की बातें करने लगे।

"मैंने तो मैथ्स के लिए अलग टीचर रख लिया है," एक लड़के ने कहा।

"मेरे घर वाले मुझे कोटा भेजने की सोच रहे हैं," दूसरे ने गर्व से बताया।

आरव चुपचाप सब सुनता रहा।

उसे हमेशा ये अजीब लगता था कि कुछ लोगों के लिए पढ़ाई सिर्फ़ करियर होती है...

और कुछ लोगों के लिए पूरी ज़िंदगी।

लंच ब्रेक में वो मैदान के एक कोने में बैठा नोट्स पढ़ रहा था। सर्द हवा लगातार चल रही थी। मैदान में बच्चे क्रिकेट खेल रहे थे, लेकिन उसका ध्यान किताब पर था।

तभी काव्या आकर उसके पास बैठ गई।

"तुम फिर अकेले?"

आरव हल्का मुस्कुराया।

"आदत है।"

काव्या कुछ पल उसे देखती रही।

"तुम्हें पता है तुम्हारी सबसे बड़ी समस्या क्या है?"

"क्या?"

"तुम सब कुछ अकेले झेलना चाहते हो।"

आरव चुप हो गया।

क्योंकि वो जानता था कि वो सही कह रही है।

लेकिन कुछ दर्द ऐसे होते हैं जिन्हें इंसान बाँटना भी चाहे... तो बाँट नहीं पाता।

काव्या ने धीरे से पूछा—

"घर पर सब ठीक है?"

आरव ने तुरंत दूसरी तरफ देखना शुरू कर दिया।

"हाँ।"

"झूठ।"

उसने पहली बार इतनी सीधे तरीके से कहा था।

आरव कुछ सेकंड तक चुप रहा।

फिर बहुत धीमी आवाज़ में बोला—

"पापा की तबीयत ठीक नहीं रहती आजकल।"

काव्या का चेहरा तुरंत बदल गया।

"डॉक्टर को दिखाया?"

आरव हल्का-सा हँसा।

"पैसे नहीं हैं।"

उसकी हँसी में दर्द था।

सर्द हवा अचानक और ठंडी लगने लगी।

दोनों कुछ देर चुप बैठे रहे। मैदान में बच्चों का शोर अब भी चल रहा था, लेकिन उस कोने में जैसे आवाज़ें पहुँच ही नहीं रही थीं।

फिर काव्या ने धीरे से पूछा—

"तुम डरते हो ना?"

इस बार आरव ने झूठ नहीं बोला।

"हाँ," उसने बहुत धीमी आवाज़ में कहा। "बहुत।"

"किस बात से?"

उसने कुछ सेकंड तक जवाब नहीं दिया।

फिर बोला—

"अगर मैं सफल नहीं हुआ... तो मेरे घर वालों की सारी मेहनत बेकार हो जाएगी।"

उसकी आवाज़ टूटने लगी थी।

काव्या उसे बस देखती रही।

उसने पहली बार महसूस किया कि आरव अपने सपनों के लिए नहीं लड़ रहा था।

वो अपने परिवार की इज़्ज़त बचाने के लिए लड़ रहा था।

धीरे से उसने अपना हाथ उसके हाथ पर रख दिया।

"तुम हारोगे नहीं।"

आरव ने उसकी तरफ देखा।

"इतना भरोसा क्यों है?"

काव्या हल्का मुस्कुराई।

"क्योंकि तुम उन लोगों में से हो जो टूटते तो हैं... लेकिन रुकते नहीं।"

उस दिन घर लौटते समय आरव पूरे रास्ते चुप रहा। बस की खिड़की से बाहर दिल्ली भागती रही। भीड़। धुआँ। हॉर्न। भागते हुए लोग।

लेकिन उसके दिमाग में सिर्फ़ एक बात घूम रही थी—

"तुम टूटते हो... लेकिन रुकते नहीं।"

शायद पहली बार किसी ने उसके भीतर की लड़ाई को सच में समझा था।

रात को जब वो पढ़ाई कर रहा था, तभी अचानक बिजली चली गई। पूरा कमरा अंधेरे में डूब गया। सुनीता मोमबत्ती ढूँढ़ने लगीं। राजेश थके हुए बिस्तर पर लेटे थे।

लेकिन आरव ने बिना कुछ कहे बैग से छोटी टॉर्च निकाली और किताब फिर खोल ली।

राजेश ने उसे देखा।

"आराम कर ले थोड़ा।"

आरव ने सिर उठाए बिना कहा—

"अभी नहीं।"

"इतनी जल्दी क्या है?"

इस बार उसने धीरे से जवाब दिया—

"मुझे समय से पहले बड़ा होना है पापा।"

कमरे में खामोशी छा गई।

मोमबत्ती की कमजोर लौ दीवार पर काँप रही थी।

और उसी काँपती हुई रोशनी में बैठा एक लड़का धीरे-धीरे अपने सपनों से बड़ा होता जा रहा था।

7. खामोशियों के बीच उगता हुआ प्यार

दिसंबर अब अपने पूरे असर में था। सुबह की धुंध इतनी गहरी होने लगी थी कि सामने खड़ा इंसान भी कई बार साफ दिखाई नहीं देता था। सड़क किनारे चाय की दुकानों पर भीड़ बढ़ने लगी थी और बस स्टॉप पर खड़े लोग ठंड से बचने के लिए हाथ रगड़ते रहते थे।

लेकिन आरव की ज़िंदगी में मौसम से कहीं ज़्यादा बदलाव उसके भीतर हो रहे थे।

अब उसे महसूस होने लगा था कि काव्या उसकी रोज़मर्रा की आदत बन चुकी है।

अगर किसी दिन वो स्कूल नहीं आती, तो पूरा दिन अधूरा लगता। अगर वो बात करते-करते अचानक चुप हो जाती, तो आरव बेचैन हो जाता। और सबसे अजीब बात ये थी कि वो इन भावनाओं से डरने लगा था।

क्योंकि प्यार गरीब लोगों के लिए हमेशा आसान नहीं होता।

उनके पास पहले से ही बहुत सारी लड़ाइयाँ होती हैं।

एक और लड़ाई की जगह नहीं बचती।

उस दिन स्कूल में वार्षिक समारोह की तैयारी चल रही थी। पूरा स्कूल रंग-बिरंगी सजावट से भरा हुआ था। बच्चे डांस प्रैक्टिस कर रहे थे, कोई गाने की रिहर्सल में था, कोई स्टेज सजा रहा था।

लेकिन आरव हमेशा की तरह लाइब्रेरी में बैठा था।

उसके सामने किताब खुली हुई थी, लेकिन ध्यान शब्दों पर नहीं था।

तभी पीछे से आवाज़ आई—

"तुम्हें पता है तुम बहुत अजीब हो?"

आरव ने मुड़कर देखा।

काव्या थी।

वो हाथ में दो कॉफी कप लिए खड़ी थी।

"सब बाहर फेस्ट की तैयारी कर रहे हैं... और तुम यहाँ पढ़ रहे हो।"

आरव हल्का मुस्कुराया।

"मेरे घर में फेस्ट से ज़्यादा फीस की चिंता होती है।"

काव्या कुछ पल चुप रही।

फिर उसने एक कप उसकी तरफ बढ़ा दिया।

"लो।"

"मैं—"

"बहस मत करो।"

आरव ने कप ले लिया।

कॉफी से उठती गर्म भाप ठंडी हवा में धीरे-धीरे घुल रही थी।

दोनों खिड़की के पास जाकर खड़े हो गए। बाहर स्कूल का मैदान दिखाई दे रहा था। बच्चे हँस रहे थे, भाग रहे थे, ज़िंदगी में हल्कापन था।

और उन दोनों के बीच...

एक अजीब-सी खामोशी।

लेकिन वो खामोशी असहज नहीं थी।

वो सुकून वाली खामोशी थी।

कुछ देर बाद काव्या ने धीरे से पूछा—

"अगर एक दिन तुम्हें बहुत सफलता मिल जाए... तो सबसे पहले क्या करोगे?"

आरव ने बिना सोचे जवाब दिया—

"माँ के लिए बड़ा किचन बनवाऊँगा।"

काव्या उसकी तरफ देखने लगी।

आरव खिड़की के बाहर देखता रहा।

"वो हमेशा छोटे कमरे में खाना बनाती हैं। गर्मियों में पसीने में भीग जाती हैं... लेकिन कभी शिकायत नहीं करतीं।"

उसकी आवाज़ धीमी होती चली गई।

"और पापा..."

वो कुछ सेकंड रुका।

"मैं चाहता हूँ कि उन्हें फिर कभी किसी के सामने झुककर काम माँगना न पड़े।"

काव्या उसे बस देखती रही।

शायद पहली बार उसने समझा कि कुछ लोग सफलता इसलिए नहीं चाहते क्योंकि उन्हें अमीर बनना है।

कुछ लोग सफलता इसलिए चाहते हैं क्योंकि उन्होंने अपने घर में बहुत संघर्ष देखा होता है।

उस दिन स्कूल की छुट्टी देर से हुई। बाहर आते-आते शाम हो चुकी थी। सड़क पर हल्का कोहरा उतरने लगा था। बस स्टॉप पर भीड़ थी।

ठंडी हवा लगातार चल रही थी।

काव्या ने अपने हाथ स्वेटर की जेब में डाल लिए।

"तुम्हें ठंड नहीं लगती?" उसने पूछा।

आरव हल्का हँसा।

"गरीब लोगों को मौसम महसूस करने का टाइम कम मिलता है।"

"तुम हर बात इतनी भारी क्यों बोलते हो?"

"क्योंकि ज़िंदगी हल्की नहीं है।"

दोनों कुछ सेकंड चुप रहे।

फिर अचानक काव्या ने पूछा—

"तुम कभी थकते नहीं?"

इस बार आरव ने जवाब देने में थोड़ा समय लिया।

"बहुत।"

"फिर रुकते क्यों नहीं?"

उसने सड़क की तरफ देखते हुए कहा—

"क्योंकि अगर मैं रुक गया... तो घर रुक जाएगा।"

उस जवाब के बाद काव्या के पास कहने के लिए कुछ नहीं बचा।

बस स्टॉप पर भीड़ बढ़ती जा रही थी। गाड़ियाँ धुंध के बीच से निकलती हुई दिखाई दे रही थीं। तभी अचानक तेज़ हवा चली और काव्या के हाथ से उसकी नोटबुक नीचे गिर गई।

कुछ कागज़ सड़क पर उड़ गए।

आरव तुरंत आगे बढ़ा और कागज़ पकड़ने लगा।

एक पन्ना दूर जाकर गिरा।

जब उसने उठाकर देखा... तो कुछ सेकंड के लिए उसकी साँस रुक गई।

उस पन्ने पर पेंसिल से उसका नाम लिखा हुआ था।

बार-बार।

"आरव।"

नीचे छोटे अक्षरों में लिखा था—

"कुछ लोग जिंदगी में देर से आते हैं...

लेकिन सुकून जल्दी बन जाते हैं।"

आरव ने धीरे से कागज़ उसकी तरफ बढ़ाया।

काव्या का चेहरा लाल पड़ चुका था।

उसने तुरंत पन्ना पकड़ लिया।

दोनों कुछ सेकंड तक कुछ नहीं बोले।

लेकिन उस खामोशी में अब सब कुछ बदल चुका था।

क्योंकि कई बार प्यार बोलने से पहले महसूस होने लगता है।

और उस शाम, दिल्ली की ठंडी हवा के बीच, दो लोग बिना इज़हार किए एक-दूसरे के करीब आ चुके थे।

8. वो लड़का जो टूटकर भी नहीं रुका

उस रात आरव बहुत देर तक सो नहीं पाया। कमरे की लाइट बंद थी, लेकिन उसकी आँखों में नींद का नाम तक नहीं था। सुनीता छोटी बहन को सीने से लगाए सो चुकी थीं। राजेश थके हुए शरीर के साथ करवट बदलते हुए लेटे थे। कमरे में फैली खामोशी के बीच सिर्फ़ दीवार पर घूमते पंखे की हल्की आवाज़ सुनाई दे रही थी।

लेकिन आरव के भीतर बहुत शोर था।

उसके दिमाग में बार-बार वही पन्ना घूम रहा था—

"कुछ लोग जिंदगी में देर से आते हैं...

लेकिन सुकून जल्दी बन जाते हैं।"

उसने आँखें बंद कर लीं।

दिल्ली आने के बाद पहली बार उसे महसूस हुआ था कि शायद कोई उसे सच में समझता है। कोई उसकी बातों के पीछे छिपी हुई थकान देख पाता है। कोई उसकी चुप्पियों को सुन सकता है।

और शायद यही बात उसे सबसे ज़्यादा डरा रही थी।

क्योंकि भावनाएँ इंसान को कमजोर बना देती हैं।

और आरव के पास कमजोर होने की इजाज़त नहीं थी।

अगले कुछ दिनों तक उसने खुद को बदल लिया। वो काव्या से कम बात करने लगा। लाइब्रेरी में दूसरी टेबल पर बैठता। छुट्टी होते ही जल्दी निकल जाता। यहाँ तक कि बस स्टॉप पर भी अलग खड़ा रहता।

लेकिन कुछ लोग हमारे चेहरे से पहले हमारी खामोशी पढ़ लेते हैं।

काव्या उन्हीं लोगों में से थी।

उस दिन स्कूल की छुट्टी के बाद उसने सीधे आरव का रास्ता रोक लिया।

"क्या हुआ है तुम्हें?"

आरव ने नज़रें बचाते हुए कहा—

"कुछ नहीं।"

"फिर मुझसे भाग क्यों रहे हो?"

उसके पास जवाब था।

लेकिन सच बोलने की हिम्मत नहीं थी।

कुछ सेकंड तक वो चुप रहा। फिर धीरे से बोला—

"मैं नहीं चाहता कि मेरा ध्यान भटके।"

काव्या उसे देखती रह गई।

"मतलब?"

इस बार उसने पहली बार अपने दिल की बात आधी-अधूरी कही।

"मेरी ज़िंदगी तुम्हारी जैसी नहीं है काव्या।"

उसकी आवाज़ में कठोरता थी, लेकिन वो कठोरता दूसरों के लिए नहीं... खुद के लिए थी।

"मेरे घर में प्यार से ज़्यादा जरूरी चीज़ें हैं। किराया। फीस। दवाइयाँ। मैं उन लोगों में से नहीं हूँ जिनके पास दिल टूटने का टाइम हो।"

काव्या की आँखों में हल्की चोट दिखाई दी।

लेकिन उसने आवाज़ धीमी रखते हुए पूछा—

"तुम्हें लगता है मैं तुम्हारी मुश्किलें नहीं समझती?"

आरव चुप रहा।

"तुम हमेशा खुद को अकेला क्यों मान लेते हो?"

ये सवाल उसके भीतर कहीं गहराई तक उतर गया।

क्योंकि सच यही था।

उसे बचपन से हर चीज़ अकेले झेलनी पड़ी थी।

गरीबी इंसान को धीरे-धीरे लोगों पर भरोसा करना भुला देती है।

उसे आदत हो चुकी थी हर दर्द को चुपचाप भीतर दबाने की।

उस दिन दोनों बिना कुछ बोले अलग हो गए।

लेकिन पूरे दिन आरव बेचैन रहा।

क्लास में शब्द सुनाई दे रहे थे, समझ नहीं आ रहे थे। किताब खुली थी, लेकिन दिमाग कहीं और था।

शाम को जब वो घर पहुँचा तो बाहर गली में असामान्य भीड़ लगी हुई थी। कुछ लोग उनके कमरे के बाहर खड़े थे। सुनीता की घबराई हुई आवाज़ अंदर से सुनाई दे रही थी।

आरव का दिल अचानक बहुत तेज़ धड़कने लगा।

वो दौड़ते हुए अंदर गया।

राजेश बिस्तर पर लेटे थे।

उनका चेहरा पीला पड़ चुका था। माथे पर पसीना था और साँसें तेज़ चल रही थीं।

“क्या हुआ?” आरव की आवाज़ काँप गई।

एक पड़ोसी ने कहा—

“दुकान पर अचानक गिर गए थे।”

उस पल जैसे आरव के पैरों के नीचे से ज़मीन खिसक गई।

सुनीता की आँखों में डर साफ दिखाई दे रहा था। वो बार-बार राजेश का माथा छू रही थीं।

“डॉक्टर बुलाओ,” उन्होंने लगभग रोते हुए कहा।

लेकिन अगले ही पल कमरे में वही पुरानी खामोशी उतर आई।

पैसे।

हर डर आखिर आकर उसी जगह खड़ा हो जाता था।

आरव बिना कुछ बोले बाहर भागा। ठंडी हवा उसके चेहरे से टकराई। वो तेज़ कदमों से गली पार करता हुआ मेडिकल स्टोर तक पहुँचा। उसकी साँसें बुरी तरह फूल रही थीं।

उस पल उसके दिमाग में सिर्फ़ एक बात घूम रही थी—

अगर पापा को कुछ हो गया तो?

उसने पहली बार खुद को इतना असहाय महसूस किया।

डॉक्टर आने तक पूरी रात तनाव में बीती। डॉक्टर ने ब्लड प्रेशर चेक किया, कुछ दवाइयाँ लिखीं और गंभीर आवाज़ में कहा—

“इन्हें आराम की ज़रूरत है। बहुत ज़्यादा कमजोरी है। अगर इसी तरह काम करते रहे तो हालत और खराब हो सकती है।”

डॉक्टर के जाने के बाद कमरे में कुछ देर तक कोई कुछ नहीं बोला।

फिर अचानक राजेश हल्का हँस दिए।

वो हँसी बहुत कमजोर थी।

“आराम करके घर चलेगा क्या?”

उनकी आवाज़ धीमी थी, लेकिन उसमें वही पुरानी मजबूरी थी।

आरव ने पहली बार महसूस किया कि उसके पिता डरते नहीं थे।

वो बस टूटने की इजाज़त खुद को नहीं देते थे।

उस रात वो खिड़की के पास बैठा रहा। बाहर कोहरा बहुत घना हो चुका था। सड़क की लाइटें धुंध में धुँधली दिखाई दे रही थीं। दूर कहीं कुत्ते भौंक रहे थे। किसी घर से खाँसी की आवाज़ आ रही थी।

दिल्ली की रातें अजीब होती हैं।

भीड़ के बीच भी इंसान खुद को अकेला महसूस करता है।

आरव की आँखें भर चुकी थीं।

उसे लग रहा था जैसे ज़िंदगी लगातार उससे सब्र माँग रही है।

और उसके पास अब बचा ही कितना था?

तभी उसका फोन वाइब्रेट हुआ।

काव्या का मैसेज था—

"अंकल कैसे हैं?"

आरव कुछ सेकंड स्क्रीन को देखता रहा।

फिर उसने सिर्फ़ एक लाइन लिखी—

"डर लग रहा है।"

कुछ ही सेकंड में जवाब आया—

"तुम अकेले नहीं हो।"

बस चार शब्द।

लेकिन उन चार शब्दों ने उसके भीतर जमा हुआ दर्द हिला दिया।

क्योंकि कई बार इंसान को सलाह नहीं चाहिए होती।

बस किसी का साथ चाहिए होता है।

उस रात उसने फिर किताब खोली। शब्द धुंधले दिखाई दे रहे थे। आँखें भारी थीं। दिमाग थक चुका था।

लेकिन उसने पढ़ना बंद नहीं किया।

क्योंकि अब ये सिर्फ़ उसका सपना नहीं था।

ये उसके पिता की साँसों से जुड़ चुका था।

और कुछ लोग...

टूटने के बाद भी इसलिए नहीं रुकते...

क्योंकि उनके रुकते ही पूरा घर बिखर सकता है।

9. दो दुनियाओं के बीच की दूरी

उस रात के बाद घर का माहौल पूरी तरह बदल गया था।

राजेश अब पहले जैसे नहीं दिखते थे। उनके चेहरे की थकान और गहरी हो गई थी। वो पहले की तरह ज़ोर से हँसते नहीं थे, न ही खाना खाते समय छोटी-छोटी बातें करते थे। अब वो ज़्यादातर चुप रहते। जैसे शरीर के साथ-साथ अंदर की ताकत भी धीरे-धीरे कम होने लगी हो।

लेकिन सबसे बड़ी बात ये थी कि उन्होंने काम पर जाना बंद नहीं किया।

डॉक्टर की दवाइयाँ मेज़ पर रखी रहतीं, लेकिन सुबह होते ही वो फिर तैयार होकर दुकान के लिए निकल जाते।

सुनीता रोज़ रोकतीं।

"कुछ दिन आराम कर लो।"

लेकिन राजेश हर बार वही जवाब देते—

"आराम अमीर लोग करते हैं।"

और फिर चुपचाप निकल जाते।

आरव ये सब देख रहा था।

हर दिन।

हर पल।

उसे अब महसूस होने लगा था कि समय उससे बहुत तेज़ भाग रहा है। उसके पास सपने देखने का समय कम और उन्हें पूरा करने की मजबूरी ज़्यादा थी।

स्कूल में भी प्री-बोर्ड परीक्षाओं का दबाव बढ़ चुका था। हर तरफ सिर्फ़ पढ़ाई की बातें हो रही थीं। बच्चे नंबर, कॉलेज और करियर की चर्चा में लगे रहते।

लेकिन आरव की लड़ाई बाकी लोगों से अलग थी।

वो सिर्फ़ अच्छे नंबरों के लिए नहीं पढ़ रहा था।

वो अपने पिता की झुकती हुई कमर को सीधा करने के लिए पढ़ रहा था।

एक दिन मैथ्स की क्लास खत्म होने के बाद टीचर ने सबको अगले महीने होने वाली स्कॉलरशिप परीक्षा के बारे में बताया।

"जो बच्चे अच्छा करेंगे," टीचर ने कहा, "उन्हें आगे की पढ़ाई में बड़ी मदद मिल सकती है।"

पूरी क्लास में हलचल शुरू हो गई।

लेकिन आरव बिल्कुल शांत बैठा रहा।

उसकी आँखों में अचानक उम्मीद चमकी थी।

शायद पहली बार उसे लगा कि यही वो मौका है जिसका उसे इंतज़ार था।

स्कूल खत्म होने के बाद वो लाइब्रेरी में बैठा उसी परीक्षा के बारे में जानकारी पढ़ रहा था। उसके सामने किताबें खुली थीं, लेकिन दिमाग बहुत तेज़ चल रहा था।

अगर ये स्कॉलरशिप मिल जाए...

तो शायद घर का बोझ थोड़ा कम हो जाए।

शायद पापा को इतना काम न करना पड़े।

शायद माँ को हर महीने खर्च गिनते हुए डरना न पड़े।

उसी समय काव्या उसके सामने आकर बैठ गई।

"तुम सुबह से यही पढ़ रहे हो?"

आरव ने सिर उठाया।

"स्कॉलरशिप एग्ज़ाम है।"

"ओह..."

काव्या ने उसकी किताब की तरफ देखा।

"तुम ये क्लियर कर लोगे।"

आरव हल्का मुस्कुराया।

"इतना आसान नहीं है।"

"तुम्हारे लिए शायद है।"

उसने पहली बार इतनी सहजता से कहा था कि आरव कुछ पल चुप रह गया।

फिर धीरे से बोला—

"कभी-कभी डर लगता है।"

"किस बात से?"

"कि अगर मैं हार गया... तो घर भी हार जाएगा।"

काव्या की आँखें अचानक गंभीर हो गईं।

वो उसे बहुत देर तक देखती रही।

उसे महसूस हो रहा था कि आरव अपने सपनों का बोझ अकेले नहीं उठा रहा।

वो पूरे परिवार की उम्मीदें अपने कंधों पर लेकर चल रहा है।

और शायद यही वजह थी कि वो बाकी लड़कों जैसा नहीं था।

उस शाम दोनों साथ बस स्टॉप तक आए। ठंडी हवा लगातार चल रही थी। सड़क पर हल्का कोहरा उतरने लगा था। लोग जल्दी-जल्दी घर लौट रहे थे।

कुछ देर चुप रहने के बाद काव्या ने अचानक कहा—

"पापा चाहते हैं कि मैं आगे की पढ़ाई विदेश से करूँ।"

आरव कुछ सेकंड तक उसे देखता रहा।

"अच्छी बात है।"

उसने बहुत सामान्य बनने की कोशिश की।

लेकिन उसके भीतर अचानक कुछ भारी हो गया था।

"तुम खुश नहीं हो?" काव्या ने पूछा।

"खुश हूँ।"

"झूठ।"

इस बार वो मुस्कुराया भी नहीं।

बस सड़क की तरफ देखने लगा।

दिल्ली की भीड़ उनके सामने से लगातार गुजर रही थी।

फिर उसने धीरे से पूछा—

"तुम चली जाओगी?"

काव्या ने तुरंत जवाब नहीं दिया।

कुछ पल बाद बोली—

"पता नहीं।"

उस एक जवाब ने आरव के भीतर अजीब-सी बेचैनी पैदा कर दी।

पहली बार उसे महसूस हुआ कि शायद वो काव्या को खोने से डरने लगा है।

और यही डर उसे सबसे ज़्यादा कमजोर बना रहा था।

क्योंकि वो जानता था—

उन दोनों की दुनिया अलग थी।

काव्या एक ऐसे घर से आती थी जहाँ सपनों को चुनने की आज़ादी थी।

और आरव...

वो ऐसे घर से आया था जहाँ सपनों से पहले ज़िम्मेदारियाँ रखी जाती थीं।

बस आ चुकी थी।

भीड़ बढ़ने लगी।

काव्या बस में चढ़ गई, लेकिन खिड़की के पास खड़े होकर उसे देखती रही।

आरव सड़क पर खड़ा रहा।

बस धीरे-धीरे आगे बढ़ने लगी।

और उस धुँधली शाम में पहली बार उसे महसूस हुआ—
कुछ दूरियाँ पैसों से नहीं बनतीं।
ज़िंदगी बना देती है।

10. वो रात जब उसने पहली बार दिल की बात कही

उस शाम के बाद सब कुछ पहले जैसा नहीं रहा।

आरव अब भी रोज़ स्कूल जाता था। वही बसें, वही भीड़, वही किताबें, वही संघर्ष। लेकिन उसके भीतर कुछ बदल चुका था। अब हर बार जब वो काव्या को देखता, उसके अंदर अजीब-सी बेचैनी पैदा हो जाती।

और सबसे मुश्किल बात ये थी कि वो इस एहसास से भाग भी नहीं पा रहा था।

क्योंकि कुछ लोग धीरे-धीरे हमारी आदत बन जाते हैं।

और आदतें भुलाई नहीं जातीं।

अगले कुछ दिनों तक काव्या भी पहले से शांत रहने लगी। वो अब भी उसके साथ बैठती थी, नोट्स शेयर करती थी, लेकिन दोनों के बीच एक अनकही दूरी आ गई थी।

जैसे दोनों कुछ महसूस तो कर रहे थे...

लेकिन बोलने से डर रहे थे।

उधर घर की परेशानियाँ लगातार बढ़ती जा रही थीं। राजेश की तबीयत अब भी पूरी तरह ठीक नहीं थी। कई बार काम करते-करते उन्हें चक्कर आने लगते, लेकिन वो किसी की बात सुनने को तैयार नहीं थे।

एक रात खाना खाते समय अचानक उनकी तेज़ खाँसी शुरू हो गई। खाँसते-खाँसते उनकी आँखें लाल हो गईं।

सुनीता घबरा गई।

“बस भी करो अब... शरीर है या पत्थर?”

राजेश ने पानी पीते हुए धीमे स्वर में कहा—

“अगर मैं रुक गया... तो घर रुक जाएगा।”

उनके शब्द सीधे आरव के भीतर जाकर लगे।

उसने उसी रात फैसला कर लिया—

उसे हर हाल में सफल होना है।

अब उसके पास हारने का अधिकार नहीं था।

अगले दिन स्कूल में अतिरिक्त क्लास थी। शाम तक पूरा स्कूल लगभग खाली हो चुका था। बाहर ठंडी हवा चल रही थी और आसमान में हल्का कोहरा उतरने लगा था।

आरव लाइब्रेरी में बैठा स्कॉलरशिप परीक्षा के प्रश्न हल कर रहा था। उसकी आँखें थक चुकी थीं, लेकिन वो रुका नहीं।

तभी सामने वाली कुर्सी खिसकी।

काव्या थी।

उसने बिना कुछ कहे अपना बैग रखा और चुपचाप उसे देखने लगी।

कुछ सेकंड तक दोनों के बीच खामोशी रही।

फिर काव्या ने धीरे से पूछा—

"तुम मुझसे दूर क्यों जा रहे हो?"

आरव ने पेन बंद कर दिया।

उसने जवाब देने में थोड़ा समय लिया।

"क्योंकि मुझे डर लगता है।"

काव्या पहली बार चौंकी।

"तुम्हें?"

उसने हल्की हँसी के साथ कहा—

"तुम तो हमेशा मजबूत बनने की कोशिश करते हो।"

आरव ने खिड़की के बाहर देखा।

बाहर कोहरा धीरे-धीरे मैदान को ढक रहा था।

"मजबूत लोग भी डरते हैं," उसने धीमी आवाज़ में कहा। "बस दिखाते नहीं।"

काव्या उसे चुपचाप सुनती रही।

फिर बोली—

"मुझसे किस बात का डर है?"

इस बार उसने पहली बार उसकी आँखों में देखकर जवाब दिया—

"तुम्हें खोने का।"

कमरे की हवा जैसे अचानक रुक गई।

काव्या कुछ सेकंड तक उसे देखती रही। शायद वो इस जवाब की उम्मीद कर रही थी... लेकिन फिर भी सुनकर उसकी धड़कन तेज़ हो गई।

आरव ने नज़रें झुका लीं।

"मेरी ज़िंदगी बहुत अलग है काव्या। मेरे पास सपनों से ज़्यादा जिम्मेदारियाँ हैं। मैं हर दिन डरता हूँ कि कहीं मैं अपने घर वालों को निराश न कर दूँ।"

उसकी आवाज़ भारी होने लगी थी।

"और इसी बीच... तुम मेरी कमजोरी बन गई हो।"

काव्या की आँखें धीरे-धीरे भरने लगीं।

"कमजोरी?" उसने धीमे स्वर में पूछा।

आरव तुरंत बोला—

"गलत मतलब मत समझना। मैं बस..."

वो रुक गया।

शायद कुछ भावनाएँ शब्दों में पूरी उतर ही नहीं पातीं।

कुछ सेकंड की खामोशी के बाद उसने आखिर वो कह दिया जिसे वो महीनों से अपने भीतर दबाए बैठा था।

"मैं तुमसे प्यार करने लगा हूँ।"

उस पल जैसे पूरी दुनिया शांत हो गई।

बाहर हवा चल रही थी।

दूर कहीं स्कूल का गेट बंद होने की आवाज़ आई।

लेकिन उन दोनों के बीच सिर्फ़ धड़कनें थीं।

काव्या की आँखों से एक आँसू धीरे से नीचे गिरा।

लेकिन उसके होंठों पर हल्की मुस्कान थी।

"तुम्हें पता है..." उसने धीमे स्वर में कहा, "मैं कब से ये सुनना चाहती थी?"

आरव ने पहली बार राहत महसूस की।

जैसे बहुत दिनों से सीने पर रखा हुआ बोझ अचानक हल्का हो गया हो।

काव्या धीरे-धीरे उसके पास आई।

"तुम हमेशा अकेले लड़ते रहे ना?"

उसने कुछ नहीं कहा।

क्योंकि जवाब उसकी आँखों में था।

काव्या ने बहुत धीरे से उसका हाथ पकड़ लिया।

"अब अकेले मत लड़ना।"

बस इतना ही।

लेकिन उस एक पल में आरव को पहली बार महसूस हुआ कि शायद जिंदगी सिर्फ़ संघर्ष का नाम नहीं है।

शायद किसी का साथ भी इंसान को मजबूत बना सकता है।

बाहर ठंडी हवा और तेज़ हो चुकी थी। कोहरा पूरे मैदान को ढक चुका था। स्कूल लगभग खाली हो गया था।

लेकिन लाइब्रेरी के उस छोटे-से कोने में दो लोग पहली बार अपने दिल की आवाज़ सुन रहे थे।

और शायद उसी रात, दिल्ली उन्हें थोड़ी कम अकेली लगने लगी थी।

11. सपनों का बोझ

उस रात के बाद आरव की ज़िंदगी पूरी तरह बदल गई थी।

बाहर से सब कुछ पहले जैसा ही था। वही दिल्ली की भीड़। वही सुबह की भागदौड़। वही स्कूल। वही किराए का छोटा कमरा। वही कमज़ोर रोशनी वाली रातें।

लेकिन उसके भीतर अब कुछ शांत भी था...

और भारी भी।

क्योंकि पहली बार उसने किसी को अपने दिल के इतना करीब आने दिया था।

और पहली बार उसे एहसास हुआ था कि प्यार इंसान को कमजोर नहीं बनाता...

अगर सही इंसान साथ हो, तो वही प्यार उसे टूटने से बचा भी सकता है।

लेकिन ज़िंदगी भावनाओं को ज़्यादा देर तक आसान नहीं रहने देती।

अगले ही हफ्ते स्कॉलरशिप परीक्षा की तारीख घोषित हो गई।

पूरा स्कूल अचानक तनाव से भर गया। हर तरफ सिर्फ़ पढ़ाई की बातें थीं। लाइब्रेरी पहले से ज़्यादा भरी रहने लगी। बच्चे नोट्स फोटोकॉपी करवा रहे थे। कोई टेस्ट सीरीज़ जॉइन कर रहा था, कोई कोचिंग बदल रहा था।

और आरव...

वो पहले से भी ज़्यादा चुप हो गया था।

अब वो सुबह चार बजे उठने लगा था। बाहर अभी अंधेरा होता, गली में सिर्फ़ दूध वालों और अखबार बाँटने वालों की आवाज़ें आतीं, लेकिन उसके कमरे की लाइट जल चुकी होती।

सुनीता कई बार नींद में उठकर उसे देखतीं।

"थोड़ा और सो जाओ बेटा।"

लेकिन आरव सिर्फ़ मुस्कुरा देता।

क्योंकि उसे पता था—

कुछ लोग सपने देखने के लिए नहीं जागते।

वो सपनों को बचाने के लिए जागते हैं।

राजेश की तबीयत अब भी पूरी तरह ठीक नहीं थी। खाँसी लगातार बढ़ रही थी। कई बार दुकान से लौटते हुए उनकी साँस फूलने लगती, लेकिन वो हर बार यही कहते—

"बस मौसम का असर है।"

असल में वो बीमारी से नहीं...

रुक जाने से डरते थे।

एक शाम जब आरव पढ़ाई कर रहा था, तभी उसने देखा कि सुनीता चुपचाप अपने पुराने गहनों का डिब्बा खोलकर बैठी हैं।

उसने धीरे से पूछा—

"क्या हुआ माँ?"

सुनीता तुरंत मुस्कुरा दीं।

"कुछ नहीं।"

लेकिन उनकी आँखें झूठ बोलना नहीं जानती थीं।

आरव उनके पास जाकर बैठ गया।

डिब्बे में सिर्फ़ दो छोटे कंगन और एक पुरानी चेन बची थी।

सुनीता उन्हें बहुत देर तक देखती रहीं।

फिर धीरे से बोलीं—

"सोच रही थी... अगर ज़रूरत पड़ी तो इन्हें बेच देंगे।"

आरव के भीतर कुछ टूट गया।

"नहीं माँ।".

उसकी आवाज़ अचानक भारी हो गई।

"अब कुछ नहीं बिकेगा।"

सुनीता ने उसके चेहरे की तरफ देखा।

उन्हें पहली बार महसूस हुआ कि उनका बेटा सच में बड़ा हो चुका है।

उस रात आरव देर तक छत पर बैठा रहा। ऊपर आसमान धुंध से ढका हुआ था। दूर-दूर तक सिर्फ़ पीली लाइटें दिखाई दे रही थीं। दिल्ली की रातें खूबसूरत कम और थकी हुई ज़्यादा लगती थीं।

उसने आँखें बंद कर लीं।

उसके दिमाग में बहुत सारी चीज़ें एक साथ चल रही थीं।

पापा की तबीयत।

माँ के गहने।

स्कॉलरशिप।

काव्या।

भविष्य।

डर।

उम्मीद।

सब कुछ।

उसे लग रहा था जैसे ज़िंदगी धीरे-धीरे उसके कंधों पर और भारी होती जा रही है।

अगले दिन स्कूल में टेस्ट था। आरव पूरी रात सो नहीं पाया था, लेकिन फिर भी क्लास में सबसे पहले पहुँचा।

काव्या पहले से वहाँ बैठी थी।

उसने तुरंत उसके चेहरे की थकान पढ़ ली।

"तुमने फिर पूरी रात नहीं सोई?"

आरव हल्का मुस्कुराया।

"नींद थोड़ी महंगी चीज़ हो गई है।"

काव्या ने धीरे से उसका हाथ पकड़ लिया।

"तुम खुद को इतना मत थकाओ।"

आरव कुछ सेकंड उसे देखता रहा।

फिर बहुत धीमी आवाज़ में बोला—

"अगर मैं रुक गया ना... तो घर हार जाएगा।"

उस जवाब के बाद काव्या के पास कोई शब्द नहीं बचे।

क्योंकि वो जानती थी—

आरव पढ़ाई सिर्फ़ अपने लिए नहीं कर रहा था।

वो अपने पिता की झुकती हुई कमर के लिए पढ़ रहा था।

अपनी माँ की बेचैन आँखों के लिए पढ़ रहा था।

उस छोटे कमरे के लिए पढ़ रहा था जहाँ सपनों से ज़्यादा मजबूरियाँ रहती थीं।

टेस्ट खत्म होने के बाद दोनों स्कूल की छत पर जाकर बैठ गए। वहाँ हमेशा शांति रहती थी। नीचे मैदान में बच्चे खेल रहे थे, लेकिन ऊपर हवा अलग लगती थी।

कुछ देर तक दोनों चुप बैठे रहे।

फिर काव्या ने धीरे से पूछा—

"अगर एक दिन सब ठीक हो गया... तो तुम सबसे पहले क्या करोगे?"

आरव ने बिना सोचे जवाब दिया—

"पापा को काम छोड़ने बोलूँगा।"

उसकी आवाज़ बहुत धीमी थी।

"मैंने उन्हें बहुत थकते हुए देखा है।"

कुछ सेकंड बाद वो फिर बोला—

"और माँ..."

उसकी आँखें हल्की भर आईं।

"मैं चाहता हूँ कि वो पहली बार बिना डर के खर्च करें।"

काव्या उसे देखती रही।

उसने पहली बार महसूस किया कि कुछ लोग उम्र से नहीं...

हालात से बड़े होते हैं।

ठंडी हवा लगातार चल रही थी। सूरज धीरे-धीरे नीचे उतर रहा था। आसमान नारंगी रंग में बदलने लगा था।

और उसी ढलती हुई रोशनी में बैठा एक लड़का अपने सपनों से भी बड़ा होता जा रहा था।

क्योंकि अब उसके लिए सफलता सिर्फ़ मंज़िल नहीं रही थी।

वो उसके परिवार की आखिरी उम्मीद बन चुकी थी।

12. जब शहर थोड़ा अपना लगने लगा

सर्दियाँ अब अपने आख़िरी दिनों में थीं। सुबह की धुंध पहले से हल्की होने लगी थी, लेकिन आरव की ज़िंदगी में धुंध अब भी उतनी ही घनी थी। स्कॉलरशिप परीक्षा बस कुछ ही हफ्तों दूर थी और उसके साथ-साथ घर की परेशानियाँ भी लगातार बढ़ती जा रही थीं।

राजेश अब पहले से ज़्यादा कमजोर दिखने लगे थे। उनकी खाँसी लगातार बढ़ रही थी। कई बार रात को सोते-सोते अचानक उनकी साँस अटकने लगती और सुनीता घबराकर उठ बैठतीं।

लेकिन सबसे दर्दनाक बात ये थी कि अगली सुबह वो फिर काम पर चले जाते।

जैसे शरीर उनका साथ छोड़ रहा था...

लेकिन जिम्मेदारियाँ अब भी नहीं छोड़ रही थीं।

एक रविवार की सुबह आरव जल्दी उठ गया। बाहर हल्की धूप निकली हुई थी। गली में सब्ज़ी वालों की आवाज़ें गूंज रही थीं। नीचे बच्चे क्रिकेट खेल रहे थे।

लेकिन कमरे के अंदर हमेशा की तरह चिंता थी।

सुनीता खर्च का पुराना हिसाब देख रही थीं। कागज़ पर जगह-जगह पेंसिल से काट-पीट के निशान बने हुए थे।

किराया।

दवाइयाँ।

स्कूल फीस।

राशन।

हर शब्द किसी बोझ जैसा लग रहा था।

आरव चुपचाप उन्हें देखता रहा।

फिर धीरे से बोला—

"माँ... इतना मत सोचो।"

सुनीता मुस्कुराईं।

लेकिन वो मुस्कान बहुत थकी हुई थी।

"घर चलाना सोचने से ही चलता है बेटा।"

उनकी आवाज़ सुनकर आरव का दिल भारी हो गया।

उसे अचानक महसूस हुआ—

गरीबी सिर्फ़ पैसों की कमी नहीं होती।

गरीबी वो डर होती है...

जो हर महीने नए हिसाब के साथ वापस आ जाती है।

उस दिन दोपहर में काव्या का फोन आया।

"आज लाइब्रेरी चलोगे?"

आरव कुछ पल चुप रहा।

उसका मन नहीं था।

थकान अब सिर्फ़ शरीर में नहीं, दिमाग में भी उतर चुकी थी।

लेकिन फिर उसने हाँ कह दिया।

शायद इसलिए क्योंकि काव्या के साथ कुछ देर बैठना अब उसे सुकून देने लगा था।

दोनों स्कूल के पास वाली पुरानी लाइब्रेरी में मिले। रविवार होने की वजह से वहाँ ज्यादा लोग नहीं थे। बड़ी-बड़ी खिड़कियों से धूप अंदर आ रही थी और हवा में पुरानी किताबों की खुशबू घुली हुई थी।

काव्या ने आते ही उसे गौर से देखा।

"तुम फिर ठीक से सोए नहीं हो ना?"

आरव हल्का हँसा।

"इतना साफ दिखता है क्या?"

"तुम्हारी आँखें सब बता देती हैं।"

वो उसके सामने बैठ गई।

कुछ देर तक दोनों चुपचाप पढ़ते रहे।

लेकिन काव्या बार-बार उसे देख रही थी।

जैसे वो समझ रही हो कि आरव अंदर से धीरे-धीरे थकता जा रहा है।

आख़िर उसने किताब बंद कर दी।

"एक बात पूछूँ?"

"हूँ।"

"तुम आख़िरी बार खुश कब थे?"

सवाल सुनकर आरव चुप हो गया।

बहुत देर तक।

जैसे वो सच में याद करने की कोशिश कर रहा हो।

फिर धीरे से बोला—

"शायद... आज़मगढ़ में।"

उसकी आँखों में हल्की नमी उतर आई।

"वहाँ ज़िंदगी छोटी थी... लेकिन इतनी भारी नहीं थी।"

काव्या उसे चुपचाप सुनती रही।

आरव खिड़की के बाहर देखने लगा।

"दिल्ली ने मुझे बहुत कुछ सिखाया," उसने धीमी आवाज़ में कहा, "लेकिन कभी-कभी लगता है इस शहर ने बचपन बहुत जल्दी छीन लिया।"

उन शब्दों के बाद लाइब्रेरी की खामोशी और गहरी लगने लगी।

काव्या धीरे से उसकी तरफ झुकी।

"तुम्हें पता है तुम्हारी सबसे बड़ी समस्या क्या है?"

आरव हल्का मुस्कुराया।

"तुम रोज़ नई समस्या बता देती हो।"

इस बार काव्या नहीं मुस्कुराई।

"तुम खुद को सिर्फ़ जिम्मेदारियों से जोड़कर देखते हो।"

आरव चुप रहा।

"तुम भूल जाते हो कि तुम भी इंसान हो। तुम्हें भी थकने का हक है... डरने का हक है... खुश होने का हक है।"

उसकी आवाज़ बहुत नरम थी।

लेकिन सीधे दिल में उतर रही थी।

आरव पहली बार उसे बिना कुछ बोले देखता रहा।

क्योंकि शायद पहली बार किसी ने उसके भीतर के इंसान को जिम्मेदारियों से अलग करके देखा था।

शाम होने लगी थी। लाइब्रेरी की खिड़कियों से आती धूप अब हल्की नारंगी हो चुकी थी। बाहर सड़क पर भीड़ बढ़ने लगी थी।

दोनों साथ बाहर निकले।

ठंडी हवा चल रही थी।

चलते-चलते अचानक काव्या रुक गई।

"एक बात बोलूँ?"

"हूँ।"

उसने बहुत धीरे से कहा—

"तुम्हें देखकर मुझे हमेशा उम्मीद महसूस होती है।"

आरव चौंक गया।

"मुझसे?"

"हाँ।"

वो हल्का मुस्कुराई।

"क्योंकि इतनी मुश्किल ज़िंदगी के बाद भी तुम अच्छे इंसान हो।"

कुछ सेकंड तक आरव कुछ बोल ही नहीं पाया।

दिल्ली आने के बाद उसने बहुत कुछ सुना था—

गरीब।

गाँव वाला।

सीरियस।

चुप।

लेकिन शायद पहली बार किसी ने उसे अच्छा इंसान कहा था।

और पता नहीं क्यों...

उस एक बात ने उसके भीतर जमा हुई बहुत सारी थकान हल्की कर दी।

उस शाम जब वो घर लौट रहा था, दिल्ली पहले जैसी नहीं लग रही थी।

भीड़ अब भी थी।

शोर अब भी था।

संघर्ष अब भी था।

लेकिन पहली बार उसे लगा—

शायद इस शहर में उसके लिए भी थोड़ी-सी जगह बन रही है।

क्योंकि कई बार शहर इमारतों से अपना नहीं लगता।

लोगों से लगने लगता है।

13. इम्तिहान सिर्फ़ किताबों का नहीं था

मार्च का महीना शुरू हो चुका था। सर्दियाँ धीरे-धीरे खत्म हो रही थीं, लेकिन आरव की ज़िंदगी में बेचैनी अब भी वैसी ही थी। स्कॉलरशिप परीक्षा में अब सिर्फ़ दस दिन बचे थे और हर गुजरता हुआ दिन उसके भीतर दबाव और बढ़ा रहा था।

अब उसकी सुबहें पहले से भी जल्दी शुरू होने लगी थीं।

अंधेरा अभी पूरी तरह हटता भी नहीं था कि उसके कमरे की लाइट जल जाती। बाहर गली में दूध वालों की साइकिलें गुजरतीं, अखबार वाले दरवाज़ों के नीचे पेपर डालते, लेकिन आरव किताबों के सामने बैठ चुका होता।

टेबल पर नोट्स फैले रहते।

दीवार पर तारीखें लिखी होतीं।

और उसके चेहरे पर लगातार बढ़ती हुई थकान।

सुनीता कई बार उसे चुपचाप देखती रहतीं। एक माँ अपने बच्चे की थकान सबसे पहले पहचानती है।

एक सुबह उन्होंने उसके सामने चाय रखते हुए कहा—

“इतना मत पढ़ो बेटा... बीमार पड़ जाओगे।”

आरव हल्का मुस्कुराया।

“अभी बीमार होने का टाइम नहीं है माँ।”

उसकी आवाज़ में मज़ाक नहीं था।

सिर्फ़ मजबूरी थी।

उधर राजेश की हालत भी अब पहले जैसी नहीं रही थी। दुकान पर काम करते हुए उनकी साँस जल्दी फूलने लगी थी। कई बार रात को लौटते हुए वो सीढ़ियाँ चढ़ते-चढ़ते रुक जाते।

लेकिन हर बार वही कहते—

“बस थोड़ा थक गया हूँ।”

असल में वो अपने परिवार को डराना नहीं चाहते थे।

और शायद खुद भी डरना नहीं चाहते थे।

उस दिन शाम को अचानक दुकान के मालिक का फोन आया। राजेश घर नहीं पहुँचे थे।

सुनीता घबरा गई।

"क्या हुआ?"

फोन पर सिर्फ़ इतना कहा गया—

"दुकान पर तबीयत खराब हो गई है।"

आरव बिना कुछ बोले बाहर भागा। उसकी साँसें तेज़ हो चुकी थीं। सड़क पर ट्रैफिक था, हॉर्न थे, भीड़ थी... लेकिन उसे कुछ सुनाई नहीं दे रहा था।

उसके दिमाग में सिर्फ़ एक बात थी—

पापा ठीक होने चाहिए।

जब वो दुकान पहुँचा तो राजेश कुर्सी पर बैठे थे। उनका चेहरा बिल्कुल सफेद लग रहा था। माथे पर पसीना था और आँखों में कमजोरी साफ दिखाई दे रही थी।

"पापा..."

राजेश ने उसे देखकर हल्की मुस्कान दी।

"कुछ नहीं हुआ... बस चक्कर आ गया था।"

लेकिन इस बार उनकी आवाज़ भी उनका साथ नहीं दे रही थी।

आरव उन्हें घर लेकर आया। रास्ते भर वो चुप रहा। उसने पहली बार अपने पिता का हाथ इतना कमजोर महसूस किया था।

उस रात डॉक्टर ने साफ शब्दों में कहा—

"अगर इन्होंने आराम नहीं किया तो हालत गंभीर हो सकती है।"

कमरे में खामोशी छा गई।

राजेश नज़रें झुकाकर बैठे रहे।

सुनीता की आँखें भर चुकी थीं।

और आरव...

वो अंदर से पूरी तरह हिल चुका था।

उस रात वो पढ़ नहीं पाया।

किताब खुली थी, लेकिन शब्द दिखाई नहीं दे रहे थे।

उसके दिमाग में सिर्फ़ पिता का चेहरा घूम रहा था।

वो आदमी...

जिसने पूरी ज़िंदगी अपने परिवार के लिए खुद को तोड़ दिया।

और अब जब शरीर जवाब दे रहा था...

तब भी रुक नहीं पा रहा था।

करीब रात के बारह बजे उसका फोन वाइब्रेट हुआ।

काव्या का मैसेज था—

"कैसे हैं अंकल?"

आरव ने बहुत देर तक स्क्रीन को देखा।

फिर सिर्फ़ इतना लिखा—

"डर लग रहा है।"

कुछ सेकंड बाद जवाब आया—

"कल मिलो मुझसे।"

अगले दिन स्कूल के बाद दोनों छत पर मिले। हवा गर्म होने लगी थी, लेकिन शाम अब भी हल्की ठंडी थी।

काव्या ने आते ही उसके चेहरे की तरफ देखा।

"तुम पूरी रात सोए नहीं ना?"

आरव हल्का हँसा।

"नींद अब आती कम है।"

कुछ सेकंड तक दोनों चुप रहे।

फिर अचानक आरव बोल पड़ा—

"अगर मैं सफल नहीं हुआ तो?"

काव्या ने तुरंत उसकी तरफ देखा।

"ऐसा क्यों सोच रहे हो?"

"क्योंकि घर की हालत हर दिन खराब हो रही है। पापा टूट रहे हैं। माँ डरती रहती हैं। और मुझे लग रहा है जैसे सब मुझसे उम्मीद लगाए बैठे हैं।"

उसकी आवाज़ भारी होने लगी थी।

"कभी-कभी लगता है... मैं हार गया तो सब खत्म हो जाएगा।"

ये कहते-कहते उसकी आँखें भर आईं।

काव्या चुपचाप उसे देखती रही।

फिर बहुत धीरे से उसके पास आकर बोली—

"तुम्हें पता है तुम्हारी सबसे बड़ी ताकत क्या है?"

आरव ने सिर उठाया।

“क्या?”

“तुम अपने लिए नहीं लड़ रहे।”

उसने उसके हाथ पर हाथ रखा।

“जो लोग सिर्फ़ अपने सपनों के लिए लड़ते हैं ना... वो जल्दी हार जाते हैं।”

उसकी आवाज़ बेहद शांत थी।

“लेकिन जो लोग अपने परिवार के लिए लड़ते हैं... उन्हें ज़िंदगी भी इतनी आसानी से नहीं तोड़ पाती।”

आरव उसे बस देखता रहा।

उस पल उसे पहली बार महसूस हुआ—

शायद वो अकेला नहीं है।

शायद कोई सच में उसके साथ खड़ा है।

नीचे स्कूल का मैदान खाली होने लगा था। सूरज धीरे-धीरे डूब रहा था। आसमान हल्का नारंगी हो चुका था।

और उसी ढलती हुई रोशनी में बैठा एक लड़का धीरे-धीरे अपने डर से लड़ना सीख रहा था।

क्योंकि अब ये इम्तिहान सिर्फ़ किताबों का नहीं था।

ये उसके पूरे परिवार की उम्मीदों का इम्तिहान था।

14. वो रात जब सब बदलने वाला था

स्कॉलरशिप परीक्षा में अब सिर्फ़ दो दिन बचे थे।

पूरा घर तनाव से भरा हुआ था, लेकिन कोई खुलकर कुछ कह नहीं रहा था। छोटे कमरे की दीवारों के बीच हर इंसान अपने-अपने डर को चुपचाप छुपाए बैठा था।

सुनीता अब पहले से ज़्यादा शांत रहने लगी थीं। वो हर छोटी चीज़ में पैसे बचाने की कोशिश करतीं। सब्ज़ी कम खरीदतीं। गैस धीरे चलातीं। कई बार खुद खाना कम खातीं ताकि बाकी लोगों के लिए बच जाए।

लेकिन वो ये सब ऐसे करतीं जैसे कुछ हुआ ही न हो।

माँएँ अक्सर अपने डर को रोटी की तरह गोल बनाकर छुपा देती हैं।

राजेश अब पहले जैसे नहीं रहे थे। उनकी चाल धीमी हो गई थी। खाँसी लगातार बढ़ती जा रही थी। कई बार बात करते-करते उन्हें साँस लेने के लिए रुकना पड़ता।

लेकिन फिर भी हर सुबह वो तैयार होकर दुकान जाने लगते।

उस दिन भी वो तैयार हो रहे थे जब आरव अचानक उनके सामने आकर खड़ा हो गया।

"आप आज कहीं नहीं जाएँगे।"

राजेश ने उसकी तरफ देखा।

"दुकान जाना ज़रूरी है।"

"आपकी तबीयत उससे ज़्यादा ज़रूरी है।"

कमरे में अचानक खामोशी छा गई।

सुनीता दोनों को चुपचाप देखती रहीं।

राजेश कुछ सेकंड तक बेटे की आँखों में देखते रहे।

फिर धीमे स्वर में बोले—

"जब तुम बाप बनोगे ना... तब समझोगे कि घर चलाने के लिए शरीर नहीं, मजबूरी काम करती है।"

उनके शब्द सीधे आरव के भीतर उतर गए।

वो कुछ बोल नहीं पाया।

क्योंकि वो जानता था—

उसके पिता गलत नहीं थे।

राजेश धीरे-धीरे दरवाज़े की तरफ बढ़ गए। बाहर जाते समय उन्होंने एक बार पीछे मुड़कर बेटे को देखा।

उनकी आँखों में थकान थी।

लेकिन उससे ज़्यादा भरोसा।

जैसे वो अब भी मानते थे कि उनका बेटा एक दिन सब ठीक कर देगा।

उस दिन स्कूल में भी आरव का ध्यान बिल्कुल नहीं लगा। किताबें खुली थीं, टीचर पढ़ा रहे थे, बच्चे नोट्स बना रहे थे... लेकिन उसका दिमाग घर में अटका हुआ था।

लंच ब्रेक में वो अकेला छत पर जाकर बैठ गया।

हवा तेज़ चल रही थी। आसमान धुंधला था। नीचे मैदान में बच्चे हँस रहे थे, लेकिन उसे वो आवाज़ें बहुत दूर से आती हुई महसूस हो रही थीं।

तभी पीछे से कदमों की आवाज़ आई।

काव्या थी।

वो चुपचाप उसके पास आकर बैठ गई।

कुछ देर तक दोनों बिना कुछ बोले सामने देखते रहे।

फिर उसने धीरे से पूछा—

"फिर से बहुत सोच रहे हो?"

आरव हल्का हँसा।

"अब तो सोचने की भी आदत हो गई है।"

काव्या उसकी तरफ देखती रही।

"डर अभी भी लग रहा है?"

इस बार उसने झूठ नहीं बोला।

"हाँ।"

उसकी आवाज़ बहुत धीमी थी।

"इतना कि कभी-कभी साँस लेना भी भारी लगता है।"

काव्या की आँखें भर आईं।

वो जानती थी कि आरव अंदर से कितना दबाव झेल रहा है।

एक तरफ परीक्षा।

दूसरी तरफ घर।

तीसरी तरफ भविष्य का डर।

और इन सबके बीच वो खुद कहीं खोता जा रहा था।

"तुम थक गए हो ना?" उसने बहुत धीरे से पूछा।

आरव कुछ सेकंड चुप रहा।

फिर पहली बार उसकी आवाज़ टूट गई—

"बहुत।"

उस एक शब्द में महीनों की थकान थी।

नींद की कमी थी।

डर था।

जिम्मेदारियाँ थीं।

और वो अकेलापन था जो इंसान को भीतर से धीरे-धीरे खा जाता है।

काव्या ने धीरे से उसका हाथ पकड़ लिया।

"सुनो..."

आरव ने उसकी तरफ देखा।

"अगर जिंदगी अभी मुश्किल है ना... तो इसका मतलब ये नहीं कि हमेशा ऐसी ही रहेगी।"

उसकी आवाज़ बेहद नरम थी।

"तुम्हारे जैसे लोग देर से जीतते हैं... लेकिन बहुत बड़ा जीतते हैं।"

आरव की आँखें भर आई।

शायद इसलिए क्योंकि उसे पहली बार कोई ऐसा मिला था जो उसके टूटने से नहीं डरता था।

जो उसे सिर्फ़ सफल इंसान की तरह नहीं...

थके हुए इंसान की तरह भी देख सकता था।

शाम को जब वो घर लौटा तो कमरे का माहौल अजीब था।

सुनीता दरवाज़े के पास बैठी थीं।

उनके चेहरे पर घबराहट साफ दिखाई दे रही थी।

"क्या हुआ?" आरव ने तुरंत पूछा।

"तुम्हारे पापा अभी तक नहीं आए..."

घड़ी ने रात के नौ बजा दिए थे।

राजेश कभी इतनी देर नहीं करते थे।

आरव का दिल तेज़ धड़कने लगा।

तभी अचानक दरवाज़े पर दस्तक हुई।

वो दौड़कर बाहर गया।

राजेश सामने खड़े थे।

लेकिन इस बार वो ठीक से खड़े भी नहीं हो पा रहे थे।

उनका चेहरा बिल्कुल सफेद था।

साँसें तेज़ चल रही थीं।

और अगले ही पल...

वो वहीं दरवाज़े के पास गिर पड़े।

"पापा!"

सुनीता चीख उठीं।

पूरा कमरा डर से भर गया।

आरव तुरंत उनके पास बैठ गया। उसके हाथ काँप रहे थे। उसने पहली बार अपने पिता को इतना कमजोर देखा था।

उस पल उसे ऐसा लगा जैसे उसके भीतर कुछ टूट गया हो।

बाहर दिल्ली की सड़कें अब भी भाग रही थीं।

लोग अब भी अपने-अपने काम में व्यस्त थे।

लेकिन उस छोटे-से कमरे के अंदर...

एक परिवार की पूरी दुनिया हिल चुकी थी।

15. उस रात के बाद

राजेश ज़मीन पर गिरे पड़े थे।

सुनीता घबराकर रोने लगीं। छोटी बहन डर के मारे कोने में खड़ी थी। कमरे की हवा अचानक इतनी भारी हो गई थी कि साँस लेना मुश्किल लग रहा था।

"पापा... पापा..."

आरव लगातार उन्हें हिलाने की कोशिश कर रहा था। उसके हाथ काँप रहे थे। उसने कभी अपने पिता को इस हालत में देखने की कल्पना भी नहीं की थी।

राजेश की आँखें आधी बंद थीं। साँसें बहुत तेज़ चल रही थीं।

बाहर गली में लोगों की आवाज़ें सुनाई देने लगीं। पड़ोसी जल्दी-जल्दी कमरे में आने लगे। किसी ने पानी लाकर दिया। किसी ने डॉक्टर को फोन किया।

लेकिन उस समय आरव को कुछ साफ सुनाई नहीं दे रहा था।

उसके कानों में सिर्फ़ अपनी धड़कनों की आवाज़ गूंज रही थी।

उसे पहली बार लगा...

शायद वो सच में अपने पिता को खो सकता है।

और ये एहसास उसे भीतर तक तोड़ गया।

कुछ देर बाद डॉक्टर आए। उन्होंने जल्दी-जल्दी ब्लड प्रेशर चेक किया। फिर गंभीर चेहरे के साथ राजेश की तरफ देखा।

"इनका शरीर पूरी तरह थक चुका है।"

कमरे में सन्नाटा छा गया।

डॉक्टर ने दवाइयाँ लिखते हुए कहा—

"अगर अब भी आराम नहीं किया तो हालत और खराब हो सकती है।"

सुनीता की आँखों से आँसू लगातार बह रहे थे।

लेकिन राजेश...

वो अब भी चुप थे।

जैसे उन्हें अपनी बीमारी से ज़्यादा चिंता घर की थी।

डॉक्टर के जाने के बाद काफी देर तक कमरे में कोई कुछ नहीं बोला।

बाहर रात और गहरी होती जा रही थी। गली की आवाज़ें धीरे-धीरे कम होने लगी थीं। लेकिन उस छोटे-से कमरे में डर अब भी जाग रहा था।

आरव खिड़की के पास जाकर खड़ा हो गया।

उसकी आँखें लाल हो चुकी थीं।

उसे समझ नहीं आ रहा था कि वो क्या करे।

पढ़ाई करे?

पिता को संभाले?

घर संभाले?

या खुद को संभाले?

उसे पहली बार महसूस हुआ—

कुछ जिम्मेदारियाँ इंसान को अंदर से उम्र से बहुत बड़ा बना देती हैं।

पीछे से राजेश की धीमी आवाज़ आई—

"आरव..."

वो तुरंत उनके पास आ गया।

राजेश ने बहुत मुश्किल से उसका हाथ पकड़ा।

"डर मत।"

उनकी आवाज़ बेहद कमजोर थी।

लेकिन वही आवाज़ आरव के बचपन की सबसे मजबूत चीज़ रही थी।

"सब ठीक हो जाएगा।"

ये कहते हुए खुद राजेश की आँखें भर आईं।

क्योंकि शायद वो भी जानते थे—

अब सब पहले जैसा नहीं रहेगा।

उस रात आरव बिल्कुल नहीं सोया। वो पिता के पास बैठा रहा। कमरे की कमजोर पीली रोशनी दीवार पर थरथरा रही थी। बाहर कहीं दूर कुत्ते भौंक रहे थे। कभी-कभी कोई गाड़ी गली से गुजरती।

लेकिन उसके भीतर सिर्फ़ एक फैसला मजबूत होता जा रहा था।

उसे हर हाल में जीतना है।

अब ये सिर्फ़ सपना नहीं था।

अब ये उसके पिता की जिंदगी से जुड़ चुका था।

सुबह होने लगी थी। खिड़की से हल्की धूप कमरे में आ रही थी। सुनीता थककर वहीं दीवार से टिक गई थीं।

तभी आरव का फोन वाइब्रेट हुआ।

काव्या का मैसेज था—

"कैसे हैं अंकल?"

इस बार उसने जवाब देने में देर नहीं की।

"डर अभी भी है... लेकिन अब रुकूँगा नहीं।"

कुछ सेकंड बाद जवाब आया—

"यही तुम्हारी सबसे बड़ी ताकत है।"

आरव स्क्रीन को बहुत देर तक देखता रहा।

फिर उसने धीरे से किताब उठाई।

उसकी आँखों में नींद नहीं थी।

शरीर थका हुआ था।

दिल डरा हुआ था।

लेकिन इरादे पहली बार इतने मजबूत थे।

वो खिड़की के पास जाकर बैठ गया। बाहर सुबह का शोर धीरे-धीरे शुरू हो रहा था। लोग काम पर निकल रहे थे। दिल्ली फिर से जाग रही थी।

और उसी जागती हुई दिल्ली के बीच...

एक लड़का अपने डर से बड़ा बनने की कोशिश कर रहा था।

क्योंकि कभी-कभी जिंदगी इंसान को दो ही रास्ते देती है—

या तो टूट जाओ।

या इतने मजबूत बन जाओ कि दर्द भी तुम्हें रोक न सके।

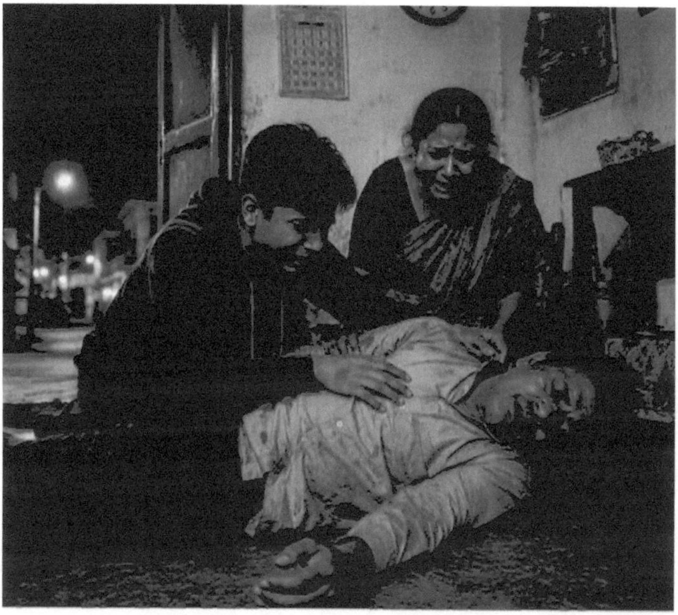

16. इम्तिहान वाली सुबह

स्कॉलरशिप परीक्षा का दिन आ चुका था।

उस सुबह Delhi की हवा कुछ अलग लग रही थी। मार्च की हल्की ठंड अब लगभग खत्म हो चुकी थी, लेकिन आरव के हाथ अब भी ठंडे थे।

डर की वजह से।

पूरी रात वो ठीक से सो नहीं पाया था। कभी पिता का चेहरा आँखों के सामने आ जाता, कभी परीक्षा का डर, कभी भविष्य की चिंता।

लेकिन सुबह होते ही उसने खुद को संभाल लिया।

क्योंकि अब टूटने का समय नहीं था।

कमरे में हल्की धूप आ रही थी। सुनीता चुपचाप उसके लिए चाय बना रही थीं। उनकी आँखों के नीचे काले घेरे साफ दिखाई दे रहे थे। रात भर वो भी नहीं सोई थीं।

राजेश बिस्तर पर टिककर बैठे थे। उनकी साँसें अब भी भारी थीं, लेकिन आज उनके चेहरे पर अजीब-सी शांति थी।

जैसे वो आज अपने बेटे को पहली बार सच में बड़ा होते देख रहे हों।

आरव तैयार होकर उनके पास आया।

कुछ सेकंड तक दोनों एक-दूसरे को देखते रहे।

फिर राजेश ने धीरे से पूछा—

“डर लग रहा है?”

आरव हल्का मुस्कुराया।

“बहुत।”

राजेश की आँखों में हल्की चमक आई।

“अच्छा है।”

आरव चौंका।

“क्यों?”

उन्होंने बहुत धीरे से कहा—

"जिस इंसान को हारने का डर होता है ना... वही जीतने के लिए पूरी जान लगाता है।"

कमरे में कुछ पल के लिए खामोशी छा गई।

फिर राजेश ने काँपते हुए हाथ से उसकी पीठ थपथपाई।

"जा... आज सिर्फ़ अपने लिए मत लिखना।"

उनकी आवाज़ भर्रा गई।

"उस घर के लिए लिखना... जहाँ तेरी माँ ने हर महीने खर्च छुपाकर काटे हैं।"

उन्होंने मुश्किल से साँस ली।

"उस बाप के लिए लिखना... जिसने पूरी जिंदगी ये डर लेकर काम किया कि कहीं उसका बेटा उसके जैसा ना रह जाए।"

आरव की आँखें भर चुकी थीं।

उसने तुरंत नज़रें झुका लीं।

क्योंकि वो रोना नहीं चाहता था।

कमज़ोर नहीं पड़ना चाहता था।

लेकिन कुछ आँसू मजबूरी से नहीं...

प्यार से निकलते हैं।

घर से निकलते समय सुनीता ने उसके माथे पर हाथ रखा।

"भगवान पर भरोसा रखना।"

आरव ने धीरे से सिर हिलाया।

फिर वो गली से बाहर निकल गया।

सुबह की सड़कें धीरे-धीरे व्यस्त होने लगी थीं। लोग काम पर जा रहे थे। बस स्टॉप पर भीड़ बढ़ रही थी। चाय की दुकानों से भाप उठ रही थी।

लेकिन आज दिल्ली उसे पहले जैसी नहीं लग रही थी।

आज उसे लग रहा था जैसे पूरा शहर उसे देख रहा हो।

जैसे ये दिन उसकी ज़िंदगी बदल सकता है।

बस में बैठकर वो लगातार खिड़की के बाहर देखता रहा। उसके हाथों में एडमिट कार्ड था और दिल की धड़कन लगातार तेज़ होती जा रही थी।

उसे अपने पिता के शब्द बार-बार याद आ रहे थे—

"आज सिर्फ़ अपने लिए मत लिखना..."

परीक्षा केंद्र स्कूल से काफी दूर था। वहाँ पहुँचते-पहुँचते सड़कें भीड़ से भर चुकी थीं। बाहर सैकड़ों छात्र खड़े थे। कोई नोट्स देख रहा था। कोई फॉर्म भर रहा था। कोई घबराकर इधर-उधर घूम रहा था।

आरव भीड़ के बीच खड़ा था...

लेकिन उसके भीतर की लड़ाई बाकी सब से अलग थी।

क्योंकि वहाँ मौजूद कई बच्चे सिर्फ़ एक परीक्षा देने आए थे।

लेकिन वो...

वो अपने घर की किस्मत लिखने आया था।

तभी पीछे से आवाज़ आई—

"आरव!"

उसने मुड़कर देखा।

काव्या थी।

हल्के नीले सूट में, हाथों में किताबें लिए, लेकिन चेहरे पर वही शांत मुस्कान।

उसे देखते ही आरव की बेचैनी थोड़ी कम हो गई।

काव्या उसके पास आई।

"कैसा लग रहा है?"

आरव हल्का हँसा।

"जैसे दिल बाहर आ जाएगा।"

काव्या भी मुस्कुरा दी।

फिर उसने बहुत धीरे से उसका हाथ पकड़ा।

"सुनो..."

आरव ने उसकी तरफ देखा।

"तुम्हें पता भी है तुम कितने मजबूत हो?"

उसने जवाब नहीं दिया।

क्योंकि सच कहें तो उसे खुद पर कभी इतना भरोसा नहीं रहा था।

काव्या की आवाज़ बेहद नरम थी।

"तुम सिर्फ़ परीक्षा देने नहीं आए हो।"

उसने उसकी आँखों में देखते हुए कहा—

"तुम उन लोगों का सपना लेकर आए हो... जो तुमसे बहुत प्यार करते हैं।"

आरव की आँखें धीरे-धीरे भरने लगीं।

लेकिन इस बार उसके भीतर डर थोड़ा कम हो चुका था।

लाउडस्पीकर पर घोषणा हुई—

“सभी छात्र अपने-अपने कमरों में जाएँ।”

भीड़ धीरे-धीरे अंदर जाने लगी।

आरव ने एक गहरी साँस ली।

फिर काव्या की तरफ देखा।

वो हल्का मुस्कुरा रही थी।

“जाओ,” उसने कहा, “आज जिंदगी को जवाब दे दो।”

आरव कुछ सेकंड उसे देखता रहा।

फिर धीरे-धीरे परीक्षा हॉल की तरफ बढ़ गया।

उसके कदम अब भी भारी थे।

लेकिन पहली बार...

उसके भीतर उम्मीद डर से थोड़ी बड़ी हो चुकी थी।

17. तीन घंटे जो ज़िंदगी बदल सकते थे

परीक्षा हॉल के बाहर लंबी भीड़ लगी हुई थी। हर किसी के चेहरे पर अलग-अलग तरह की बेचैनी थी। कोई आख़िरी बार नोट्स देख रहा था, कोई भगवान का नाम ले रहा था, कोई खुद को शांत दिखाने की कोशिश कर रहा था।

लेकिन आरव...

वो बिल्कुल शांत खड़ा था।

इतना शांत कि खुद उसे भी अजीब लग रहा था।

शायद जब इंसान बहुत ज़्यादा डर चुका होता है, तब एक समय के बाद डर भी थक जाता है।

उसने धीरे से अपनी जेब टटोली।

एडमिट कार्ड।

पेन।

पिता की कही बातें।

सब साथ था।

घंटी बजी।

धीरे-धीरे सभी छात्र अंदर जाने लगे।

परीक्षा हॉल बहुत बड़ा था। लंबी कतारों में बेंच लगी हुई थीं। पंखों की आवाज़ पूरे कमरे में गूँज रही थी। दीवार पर लगी घड़ी की टिक-टिक अचानक बहुत तेज़ सुनाई देने लगी।

आरव अपनी सीट पर जाकर बैठ गया।

उसने आसपास देखा।

कुछ बच्चे घबराए हुए थे। कुछ आत्मविश्वास से भरे हुए। कुछ लगातार किताबें पलट रहे थे।

लेकिन उसके दिमाग में सिर्फ़ घर घूम रहा था।

पिता की खाँसी।

माँ की चिंता।

छोटा कमरा।

कमज़ोर रोशनी वाली रातें।

और उन सबके बीच उसका सपना।

उसने आँखें बंद कर लीं।

धीरे से एक लंबी साँस ली।

फिर खुद से कहा—

"अब डरने का समय खत्म।"

प्रश्नपत्र बाँटे जाने लगे।

जैसे ही पेपर उसके सामने आया, उसकी धड़कन तेज़ हो गई।

उसने धीरे से पहला पन्ना पलटा।

कुछ सवाल आसान थे।

कुछ मुश्किल।

कुछ देखकर दिमाग खाली हो गया।

लेकिन अगले ही पल उसे अपने पिता का चेहरा याद आया।

और अचानक उसके भीतर अजीब-सी ताकत लौट आई।

उसने पेन उठाया।

फिर लिखना शुरू कर दिया।

धीरे-धीरे।

ध्यान से।

पूरी ईमानदारी के साथ।

तीन घंटे तक उसके लिए दुनिया सिर्फ़ वही कागज़ था।

ना दिल्ली।

ना डर।

ना भविष्य।

सिर्फ़ वो और उसकी मेहनत।

बीच-बीच में जब उसका दिमाग थकने लगता, वो एक सेकंड के लिए आँखें बंद कर लेता।

और हर बार उसे वही छोटा कमरा दिखाई देता।

जहाँ उसकी माँ खर्च छुपाकर काटती थीं।

जहाँ उसके पिता बीमारी छुपाकर काम पर जाते थे।

और वही याद उसे फिर लिखने की ताकत दे देती।

समय बहुत तेज़ी से गुजर रहा था।

दीवार की घड़ी अब आख़िरी आधे घंटे की तरफ बढ़ रही थी।

पूरे हॉल में पन्ने पलटने की आवाज़ें गूँज रही थीं।

कुछ बच्चे परेशान दिखने लगे थे।

कुछ जल्दी-जल्दी लिख रहे थे।

लेकिन आरव अब पूरी तरह उस पेपर में डूब चुका था।

जैसे वो हर जवाब के साथ अपनी ज़िंदगी बदलने की कोशिश कर रहा हो।

आख़िरी दस मिनट बचे थे।

उसने पूरा पेपर एक बार फिर देखा।

हाथ काँप रहे थे।

आँखें थक चुकी थीं।

लेकिन दिल में पहली बार हल्की उम्मीद थी।

घंटी बजी।

"स्टॉप राइटिंग!"

पूरा हॉल धीरे-धीरे शांत हो गया।

आरव ने पेन नीचे रख दिया।

उसने बहुत धीरे से आँखें बंद कीं।

तीन घंटे खत्म हो चुके थे।

लेकिन उसे लग रहा था जैसे उसने सिर्फ़ परीक्षा नहीं दी...

उसने अपनी पूरी जिंदगी उन पन्नों पर लिख दी।

बाहर निकलते ही भीड़ फिर शोर में बदल गई। कोई जवाब मिलाने लगा। कोई पेपर खराब होने की शिकायत कर रहा था। कोई खुश था।

लेकिन आरव चुप था।

उसे नहीं पता था पेपर कितना अच्छा हुआ।

उसे सिर्फ़ इतना पता था—

उसने अपनी तरफ से कुछ भी अधूरा नहीं छोड़ा।

सीढ़ियों से नीचे उतरते समय उसने काव्या को देखा। वो गेट के पास खड़ी उसका इंतज़ार कर रही थी।

उसे देखते ही उसने पूछा—

"कैसा हुआ?"

आरव कुछ सेकंड चुप रहा।

फिर हल्का मुस्कुराया।

"पता नहीं... लेकिन इस बार मैंने हारने से ज़्यादा लड़ने की कोशिश की।"

काव्या की आँखों में चमक आ गई।

"बस वही काफी है।"

दोनों धीरे-धीरे सड़क की तरफ चलने लगे। शाम होने लगी थी। आसमान हल्का सुनहरा हो चुका था। सड़क पर ट्रैफिक बढ़ रहा था।

कुछ देर तक दोनों चुप रहे।

फिर अचानक आरव रुक गया।

काव्या ने उसकी तरफ देखा।

उसकी आँखें भरी हुई थीं।

"क्या हुआ?"

इस बार उसने पहली बार बिना छुपाए कहा—

"मैं थक गया हूँ।"

उसकी आवाज़ टूट गई।

"बहुत।"

काव्या कुछ सेकंड उसे देखती रही।

फिर बिना कुछ कहे उसने धीरे से उसका हाथ पकड़ लिया।

और शायद वही वो पल था...

जब आरव ने पहली बार खुद को रोने की इजाज़त दी।

18. कुछ आँसू इंसान को कमजोर नहीं बनाते

शाम धीरे-धीरे रात में बदल रही थी। सड़क पर गाड़ियों की लंबी कतारें लग चुकी थीं। ट्रैफिक की आवाज़ें, हॉर्न, लोगों की भीड़—सब कुछ पहले जैसा ही था।

लेकिन आरव के भीतर सब बदल चुका था।

वो सड़क किनारे खड़ा था और उसकी आँखों से आँसू लगातार निकल रहे थे। उसने बहुत कोशिश की खुद को संभालने की... लेकिन शायद इंसान हमेशा मजबूत नहीं रह सकता।

कुछ दर्द ऐसे होते हैं जो एक दिन चुप रहने से इनकार कर देते हैं।

काव्या उसके सामने खड़ी थी।

उसने कुछ नहीं कहा।

बस चुपचाप उसका हाथ पकड़े रही।

क्योंकि कई बार शब्द नहीं...

साथ ज़्यादा जरूरी होता है।

आरव ने पहली बार खुद को रोने दिया।

महीनों का दबाव।

डर।

थकान।

जिम्मेदारियाँ।

सब कुछ जैसे एक साथ बाहर निकलने लगा।

उसकी आवाज़ काँप रही थी।

“मैं सच में बहुत थक गया हूँ काव्या...”

उसने मुश्किल से कहा।

“हर दिन ऐसा लगता है जैसे अगर मैं एक सेकंड के लिए भी रुक गया ना... तो सब टूट जाएगा।”

काव्या की आँखें भी भर चुकी थीं।

लेकिन उसने खुद को संभाल रखा था।

“तुम हमेशा सब कुछ अकेले क्यों उठाते हो?”

आरव हल्का हँसा।

वो हँसी बहुत टूटी हुई थी।

"क्योंकि बचपन से यही सीखा है।"

उसने सड़क की तरफ देखते हुए कहा—

"घर में जब पैसे कम पड़ते थे ना... तब पापा खुद भूखे रह जाते थे। माँ नई साड़ी लेने से डरती थीं। और मैं..."

उसकी आवाज़ रुक गई।

"मैं बस ये सोचता रहता था कि जल्दी बड़ा कैसे बनूँ।"

हवा धीरे-धीरे ठंडी होने लगी थी। सड़क की पीली लाइटें जल चुकी थीं। लोग लगातार उनके पास से गुजर रहे थे।

लेकिन उस भीड़ के बीच भी दोनों जैसे अपनी अलग दुनिया में खड़े थे।

काव्या ने बहुत धीरे से पूछा—

"तुम्हें कभी लगता है... कि जिंदगी तुम्हारे साथ बहुत सख्त रही है?"

आरव कुछ सेकंड चुप रहा।

फिर उसने आसमान की तरफ देखा।

"हाँ," उसने धीरे से कहा। "लेकिन शायद अगर जिंदगी आसान होती... तो मैं इतना मजबूत भी नहीं बनता।"

उस जवाब के बाद काव्या उसे बस देखती रही।

उसे एहसास हो रहा था कि आरव बाकी लोगों से अलग क्यों है।

क्यों उसकी आँखों में हमेशा उम्र से ज्यादा गहराई रहती है।

क्यों उसकी मुस्कान में हमेशा थोड़ा दर्द छुपा होता है।

क्योंकि कुछ लोग बहुत जल्दी समझ जाते हैं कि जिंदगी सिर्फ़ सपनों से नहीं चलती।

जिम्मेदारियों से भी चलती है।

कुछ देर बाद दोनों धीरे-धीरे बस स्टॉप की तरफ चलने लगे।

रास्ते में ज्यादा बातें नहीं हुईं।

लेकिन वो खामोशी अब भारी नहीं थी।

उसमें अपनापन था।

साथ था।

बस स्टॉप पर पहुँचकर काव्या अचानक उसकी तरफ मुड़ी।

"एक बात बोलूँ?"

आरव ने उसकी तरफ देखा।

"हूँ।"

उसने बहुत धीरे से कहा—

"तुम्हें हमेशा मजबूत बनने की जरूरत नहीं है।"

आरव चुप रहा।

"कभी-कभी टूट जाना भी ठीक होता है।"

उसकी आवाज़ बेहद नरम थी।

"क्योंकि जो लोग रो सकते हैं ना... वही लोग सच में महसूस भी कर सकते हैं।"

आरव की आँखें फिर हल्की भर आई।

शायद इसलिए क्योंकि उसने पूरी जिंदगी खुद को सिर्फ़ मजबूत बनाने की कोशिश की थी।

लेकिन पहली बार कोई उसे इंसान बने रहने की इजाज़त दे रहा था।

बस आ चुकी थी।

भीड़ धीरे-धीरे अंदर चढ़ने लगी।

काव्या बस में चढ़ी, लेकिन खिड़की के पास खड़े होकर उसे देखती रही।

"आरव..."

उसने ऊपर देखा।

काव्या हल्का मुस्कुराई।

"जो भी हो... खुद पर भरोसा मत खोना।"

बस धीरे-धीरे आगे बढ़ गई।

आरव सड़क पर खड़ा उसे जाते हुए देखता रहा।

फिर उसने गहरी साँस ली और घर की तरफ चल पड़ा।

रात तक वो घर पहुँचा। कमरे का दरवाज़ा आधा खुला था। अंदर हल्की रोशनी जल रही थी।

सुनीता चुपचाप बैठी थीं।

राजेश सो रहे थे।

उनकी साँसें अब भी भारी थीं।

आरव धीरे से उनके पास जाकर बैठ गया।

उसने पहली बार अपने पिता को इतने ध्यान से देखा।

चेहरे की झुर्रियाँ।

थकी हुई आँखें।

हाथों की उभरी नसें।

उसे अचानक एहसास हुआ—

उसके पिता बूढ़े नहीं हुए थे।

जिम्मेदारियों ने उन्हें बूढ़ा कर दिया था।

उसकी आँखें फिर भर आईं।

उसने धीरे से अपने पिता का हाथ पकड़ लिया।

मन ही मन उसने खुद से एक वादा किया—

"अब आपकी जिंदगी ऐसी नहीं रहेगी।"

कमरे की खामोशी में वो वादा बहुत छोटा था।

लेकिन उसी छोटे-से वादे में उसका पूरा भविष्य छुपा हुआ था।

उस रात वो फिर देर तक नहीं सो पाया।

लेकिन इस बार वजह डर नहीं था।

इस बार उसके भीतर एक नई जिद पैदा हो चुकी थी।

और कई बार...

इंसान की जिंदगी उसी दिन बदलनी शुरू होती है...

जिस दिन वो हार मानने से इनकार कर देता है।

19. इंतज़ार सबसे मुश्किल होता है

स्कॉलरशिप परीक्षा खत्म हो चुकी थी।

लेकिन असली बेचैनी अब शुरू हुई थी।

क्योंकि मेहनत करना मुश्किल होता है...

लेकिन उसके परिणाम का इंतज़ार करना उससे भी ज़्यादा मुश्किल होता है।

अगले कुछ दिन आरव के लिए बहुत भारी गुज़रे। वो रोज़ सुबह उठता, किताब खोलता, पढ़ने की कोशिश करता... लेकिन ध्यान बार-बार भटक जाता।

कभी उसे लगता पेपर अच्छा गया है।

कभी अचानक डर लगता—

अगर नहीं हुआ तो?

अगर वो हार गया तो?

अगर इतने सालों की मेहनत भी काफी नहीं हुई तो?

उसके भीतर उम्मीद और डर लगातार लड़ रहे थे।

उधर घर की हालत भी आसान नहीं थी।

राजेश अब पहले से बहुत कमज़ोर हो चुके थे। डॉक्टर ने साफ मना किया था कि उन्हें ज़्यादा काम नहीं करना चाहिए। लेकिन घर का खर्च रुकने वाला नहीं था।

एक शाम आरव ने देखा कि राजेश चुपचाप अपने पुराने बैग में दवाइयों की जगह काम के कपड़े रख रहे हैं।

वो तुरंत उनके पास आ गया।

"आप फिर दुकान जाएँगे?"

राजेश ने नज़रें चुराते हुए कहा—

"थोड़ा काम कर लूँगा तो क्या हो जाएगा?"

आरव की आवाज़ भारी हो गई।

"आपकी तबीयत खराब है।"

राजेश कुछ सेकंड चुप रहे।

फिर धीरे से बोले—

"और घर की हालत भी।"

उस जवाब के बाद आरव चुप हो गया।

क्योंकि गरीबी में हर बहस आखिर पैसों के सामने हार जाती है।

उस रात वो बहुत देर तक जागता रहा। कमरे की छत को देखते हुए उसे अचानक महसूस हुआ—

वो अब बच्चा नहीं रहा।

जिंदगी ने उसे धीरे-धीरे इतना बड़ा बना दिया था कि अब वो डरने से पहले हिसाब सोचता था।

अगले दिन स्कूल में रिज़ल्ट को लेकर चर्चा हो रही थी। हर कोई अंदाज़े लगा रहा था। कोई कह रहा था पेपर बहुत कठिन था, कोई कह रहा था कटऑफ बहुत ऊपर जाएगी।

आरव चुपचाप अपनी सीट पर बैठा रहा।

काव्या उसके पास आई।

"फिर से ज़्यादा सोच रहे हो?"

आरव हल्का मुस्कुराया।

"आदत है।"

काव्या उसके सामने बैठ गई।

"एक बात बताऊँ?"

"हूँ।"

"तुम्हें पता है तुम्हारी सबसे बड़ी दिक्कत क्या है?"

आरव हल्का हँसा।

"तुम्हारे पास मेरी दिक्कतों की पूरी लिस्ट है लगता है।"

इस बार काव्या भी मुस्कुराई।

फिर धीरे से बोली—

"तुम हमेशा सबसे बुरे के लिए खुद को तैयार रखते हो।"

आरव कुछ पल चुप रहा।

फिर उसने धीरे से कहा—

"क्योंकि जिंदगी ने अच्छे की आदत कम दी है।"

उस जवाब के बाद काव्या कुछ सेकंड उसे देखती रही।

फिर बोली—

"लेकिन हर कहानी हमेशा दुख में खत्म नहीं होती।"

उसकी आवाज़ बेहद शांत थी।

“कुछ लोगों की जिंदगी देर से बदलती है... लेकिन बहुत खूबसूरत बदलती है।”

आरव उसकी आँखों में देखता रहा।

और पता नहीं क्यों...

उसे पहली बार सच में विश्वास करने का मन हुआ।

शाम को दोनों स्कूल से साथ निकले। मौसम बदलने लगा था। हवा में हल्की गर्मी लौट रही थी। सड़क किनारे पेड़ों पर नए पत्ते दिखाई देने लगे थे।

दिल्ली धीरे-धीरे सर्दियों से बाहर आ रही थी।

शायद उनकी जिंदगी भी।

चलते-चलते अचानक काव्या रुक गई।

“अगर तुम्हारा रिज़ल्ट अच्छा आया ना...”

वो मुस्कुराई।

“तो सबसे पहले क्या करोगे?”

आरव ने बिना सोचे जवाब दिया—

“माँ को बाजार ले जाऊँगा।”

“बस?”

उसकी आँखों में हल्की चमक आ गई।

“उन्होंने सालों से अपने लिए कुछ खरीदा ही नहीं।”

उसकी आवाज़ धीमी हो गई।

“और पापा...”

वो कुछ सेकंड रुका।

“मैं चाहता हूँ वो पहली बार बिना डर के सोएँ।”

काव्या उसे बस देखती रही।

क्योंकि वो जानती थी—

आरव की सारी महत्वाकांक्षाएँ खुद से शुरू नहीं होतीं।

घर से शुरू होती हैं।

रात को घर लौटकर उसने देखा कि राजेश सो चुके थे। सुनीता चुपचाप उनके पास बैठी थीं।

“दवा खाई?” आरव ने धीरे से पूछा।

सुनीता ने सिर हिलाया।

फिर बहुत धीमी आवाज़ में बोलीं—

"तुम्हारे पापा बाहर से जितने मजबूत दिखते हैं ना... अंदर से उतने ही डर गए हैं।"

आरव चुप हो गया।

"उन्हें लगता है अगर वो रुक गए... तो तुम लोगों का भविष्य रुक जाएगा।"

उनकी आँखें भर आईं।

"लेकिन उन्हें ये नहीं पता... कि अब तुम उनके सहारे बन चुके हो।"

उस रात आरव बहुत देर तक सो नहीं पाया।

खिड़की से बाहर देखते हुए उसे अचानक एहसास हुआ—

इंसान की जिंदगी में कुछ पल ऐसे आते हैं जहाँ से सब बदल सकता है।

और शायद...

वो पल अब बहुत करीब था।

20. जिस दिन उम्मीद ने दरवाज़ा खटखटाया

अप्रैल की शुरुआत हो चुकी थी। गर्मी धीरे-धीरे दिल्ली की हवा में उतरने लगी थी। दोपहरें लंबी होने लगी थीं और शाम की ठंडी हवा अब पहले जैसी नहीं लगती थी।

लेकिन आरव के भीतर मौसम अब भी ठहरा हुआ था।

हर सुबह उसकी शुरुआत एक ही सवाल से होती—

"रिज़ल्ट कब आएगा?"

और हर रात उसी डर पर खत्म होती—

"अगर नहीं हुआ तो?"

इंतज़ार इंसान को अंदर से धीरे-धीरे खोखला कर देता है।

उसे पढ़ाई में मन नहीं लग रहा था। किताबें खुली रहतीं, लेकिन दिमाग कहीं और भटकता रहता। कभी वो खिड़की से बाहर सड़क को देखता रहता, कभी पिता की दवाइयों का खर्च जोड़ने लगता, कभी माँ के चेहरे की चिंता पढ़ने लगता।

उधर राजेश अब पहले से बहुत शांत रहने लगे थे।

जैसे उन्होंने अपनी थकान को स्वीकार कर लिया हो।

लेकिन उनकी आँखों में अब भी एक उम्मीद बची हुई थी—

अपने बेटे की।

एक शाम वो खिड़की के पास बैठे थे। बाहर सूरज धीरे-धीरे ढल रहा था। कमरे में नारंगी रोशनी फैल गई थी।

आरव चुपचाप उनके पास जाकर बैठ गया।

कुछ देर तक दोनों बिना कुछ बोले बाहर देखते रहे।

फिर अचानक राजेश ने पूछा—

"डर अभी भी लगता है?"

आरव हल्का मुस्कुराया।

"हर दिन।"

राजेश ने धीरे से सिर हिलाया।

"अच्छा है।"

आरव उनकी तरफ देखने लगा।

उन्होंने बहुत धीमी आवाज़ में कहा—

"जिस दिन इंसान डरना बंद कर देता है ना... उसी दिन मेहनत भी कम कर देता है।"

कमरे में कुछ पल के लिए खामोशी छा गई।

फिर उन्होंने आगे कहा—

"लेकिन एक बात याद रखना..."

उन्होंने बेटे की तरफ देखा।

"हार सिर्फ़ वही लोग मानते हैं जो कोशिश करना छोड़ देते हैं।"

उनकी आँखों में हल्की नमी थी।

शायद इसलिए क्योंकि वो खुद पूरी जिंदगी हारने के डर से लड़ते रहे थे।

उस रात आरव देर तक छत पर बैठा रहा। ऊपर आसमान साफ था। दूर-दूर तक फैली दिल्ली पीली रोशनियों में चमक रही थी।

लेकिन उसे पहली बार ये शहर इतना कठोर नहीं लग रहा था।

शायद इसलिए क्योंकि अब उसके भीतर डर के साथ उम्मीद भी रहने लगी थी।

अगले दिन स्कूल पहुँचा तो माहौल अजीब था। हर तरफ बच्चे मोबाइल देख रहे थे। कोई भागते हुए ऑफिस की तरफ जा रहा था। कोई चिल्ला रहा था—

"रिज़ल्ट आने वाला है!"

आरव का दिल अचानक बहुत तेज़ धड़कने लगा।

उसके हाथ ठंडे पड़ गए।

काव्या तुरंत उसके पास आई।

"साँस लो..."

उसने हल्का मुस्कुराने की कोशिश की।

"दिल बहुत तेज़ धड़क रहा है।"

काव्या ने धीरे से उसका हाथ पकड़ लिया।

"क्योंकि तुम्हारी मेहनत का जवाब मिलने वाला है।"

दोनों धीरे-धीरे नोटिस बोर्ड की तरफ बढ़ने लगे। वहाँ पहले से भीड़ लगी हुई थी। बच्चे धक्का देकर आगे जाने की कोशिश कर रहे थे।

आरव कुछ कदम पीछे रुक गया।

अचानक उसके भीतर डर वापस लौट आया।

अगर नाम नहीं हुआ तो?

अगर सब खत्म हो गया तो?

उसकी साँसें भारी होने लगीं।

तभी काव्या ने बहुत धीरे से कहा—

"आरव..."

उसने उसकी तरफ देखा।

"तुम पहले ही बहुत बड़ी लड़ाई जीत चुके हो।"

उसकी आवाज़ बेहद नरम थी।

"अब बस जिंदगी तुम्हें उसका जवाब देने वाली है।"

भीड़ धीरे-धीरे हटने लगी।

आरव आगे बढ़ा।

उसकी आँखें काँप रही थीं।

उसने धीरे-धीरे सूची पढ़नी शुरू की।

पहला नाम।

दूसरा नाम।

तीसरा नाम।

उसका दिल अब इतनी तेज़ धड़क रहा था कि उसे आसपास की आवाज़ें सुनाई देना बंद हो गई।

फिर अचानक...

उसकी नज़र एक नाम पर जाकर रुक गई।

"AARAV SHARMA — SCHOLARSHIP SELECTED"

कुछ सेकंड तक वो वहीं खड़ा रहा।

जैसे उसका दिमाग यकीन ही नहीं कर पा रहा हो।

फिर उसकी आँखें धीरे-धीरे भरने लगीं।

उसे लगा जैसे महीनों से सीने पर रखा हुआ पत्थर अचानक हट गया हो।

काव्या ने तुरंत उसका चेहरा देखा।

"क्या हुआ?"

आरव बोल नहीं पाया।

उसने बस काँपते हुए हाथ से अपना नाम दिखा दिया।

काव्या की आँखें चमक उठीं।

"आरव... तुम हो गया!"

और अगले ही पल...

वो पहली बार खुलकर रो पड़ा।

लेकिन इस बार ये आँसू डर के नहीं थे।

ये उन रातों के आँसू थे...

जब उसने कमजोर रोशनी में बैठकर पढ़ाई की थी।

ये उन दिनों के आँसू थे...

जब उसके पिता बीमारी छुपाकर काम पर जाते थे।

ये उसकी माँ की बचाई हुई हर छोटी चीज़ के आँसू थे।

ये उस छोटे कमरे की जीत थी...

जहाँ सपनों के लिए जगह कम थी...

लेकिन हिम्मत बहुत बड़ी थी।

उस पल उसे सिर्फ़ एक बात महसूस हो रही थी—

"अब शायद जिंदगी बदल सकती है।"

21. घर में पहली बार खुशी आई थी

आरव अभी भी नोटिस बोर्ड के सामने खड़ा था।

भीड़ लगातार बढ़ती जा रही थी। बच्चे अपने दोस्तों को गले लगा रहे थे। कोई खुशी से चिल्ला रहा था, कोई फोन पर घरवालों को खबर दे रहा था।

लेकिन आरव...

वो जैसे कुछ सेकंड के लिए पूरी दुनिया से कट गया था।

उसकी आँखें बार-बार उसी नाम पर जाकर रुक रही थीं—

AARAV SHARMA — SCHOLARSHIP SELECTED

उसे यकीन नहीं हो रहा था।

इतनी सारी रातें।

इतना डर।

इतनी थकान।

इतना संघर्ष।

क्या सच में सब रंग ला चुका था?

उसकी आँखों से आँसू लगातार निकल रहे थे।

काव्या उसके सामने खड़ी मुस्कुरा रही थी।

लेकिन उसकी आँखें भी भर चुकी थीं।

"मैंने कहा था ना..." उसने धीरे से कहा, "तुम हारने वालों में से नहीं हो।"

आरव कुछ बोल नहीं पाया।

उसकी आवाज़ जैसे कहीं अटक गई थी।

उसने बस एक गहरी साँस ली और तुरंत जेब से फोन निकाला।

उसके हाथ काँप रहे थे।

उसने सबसे पहले माँ का नंबर मिलाया।

कुछ सेकंड बाद फोन उठा।

"हाँ बेटा?"

सुनीता की वही थकी हुई लेकिन प्यार भरी आवाज़ सुनते ही उसकी आँखें फिर भर आईं।

वो कुछ सेकंड तक बोल ही नहीं पाया।

"आरव? क्या हुआ?"

इस बार उसकी आवाज़ टूट गई।

"माँ..."

वो रो पड़ा।

सुनीता घबरा गई।

"क्या हुआ बेटा?"

उसने मुश्किल से खुद को संभाला।

फिर बहुत धीमे स्वर में कहा—

"हो गया माँ..."

कमरे के उस तरफ अचानक खामोशी छा गई।

"क्या... सच?"

अब सुनीता की आवाज़ भी काँप रही थी।

आरव मुस्कुराने की कोशिश करते हुए बोला—

"स्कॉलरशिप मिल गई माँ..."

अगले ही पल फोन के उस तरफ से रोने की आवाज़ आने लगी।

लेकिन वो दुख के आँसू नहीं थे।

वो शायद सालों की दबी हुई थकान के आँसू थे।

सुनीता बस बार-बार यही कहती रहीं—

"भगवान तेरा भला करे बेटा..."

"भगवान तेरा भला करे..."

आरव सड़क के बीच खड़ा फोन कान से लगाए रोता रहा।

और उस पल उसे पहली बार लगा—

शायद मेहनत सच में जिंदगी बदल सकती है।

कुछ देर बाद उसने फोन काटा और तुरंत घर की तरफ निकल पड़ा।

आज दिल्ली की सड़कें अलग लग रही थीं।

वही ट्रैफिक था।

वही भीड़।

वही शोर।

लेकिन आज उसे ये शहर पहली बार थोड़ा अपना लग रहा था।

बस की खिड़की से बाहर देखते हुए उसके चेहरे पर हल्की मुस्कान थी।

कई महीनों बाद।

घर पहुँचते-पहुँचते शाम हो चुकी थी। गली में बच्चे खेल रहे थे। कुछ औरतें दरवाज़ों के बाहर बैठी बातें कर रही थीं।

लेकिन जैसे ही आरव कमरे के पास पहुँचा...

उसने देखा दरवाज़ा खुला हुआ है।

अंदर सुनीता खड़ी थीं।

उनकी आँखें रोने से लाल हो चुकी थीं।

आरव को देखते ही वो तुरंत उसके पास आईं और उसे कसकर गले लगा लिया।

वो कुछ बोल नहीं पा रही थीं।

बस रोए जा रही थीं।

"मेरा बेटा..."

उनकी आवाज़ काँप रही थी।

"तू जीत गया बेटा..."

आरव ने पहली बार महसूस किया—

कुछ जीतें सिर्फ़ इंसान की नहीं होतीं।

पूरे परिवार की होती हैं।

अंदर राजेश बिस्तर पर बैठे थे।

उनकी आँखों में चमक थी...

जो आरव ने बहुत समय बाद देखी थी।

वो धीरे-धीरे उठने लगे।

"अरे पापा—"

लेकिन राजेश ने हाथ उठाकर उसे रोका।

फिर वो उसके सामने आकर खड़े हो गए।

कुछ सेकंड तक बस उसे देखते रहे।

जैसे अपनी पूरी जिंदगी की मेहनत को सामने खड़ा देख रहे हों।

फिर बहुत धीरे से बोले—

"मुझे पता था..."

उनकी आवाज़ भर्रा गई।

"तू मेरी अधूरी जिंदगी पूरी करेगा।"

बस इतना सुनते ही आरव खुद को रोक नहीं पाया।

वो अपने पिता के गले लग गया।

उस छोटे-से कमरे में पहली ब़ार इतने सालों बाद खुशी आई थी।

सच्ची खुशी।

बिना डर वाली खुशी।

उस रात सुनीता ने महीनों बाद मीठा बनाया। बहुत छोटा-सा था।

लेकिन उस घर में वो किसी दावत से कम नहीं था।

राजेश बार-बार आरव को देखते रहते।

जैसे अब उन्हें पहली बार चैन मिल रहा हो।

रात को जब सब सो गए, आरव देर तक जागता रहा।

वो खिड़की के पास बैठा बाहर देख रहा था।

दिल्ली अब भी जाग रही थी।

लेकिन आज उसके भीतर शांति थी।

तभी उसका फोन वाइब्रेट हुआ।

काव्या का मैसेज था—

"अब तो खुद पर भरोसा है?"

आरव हल्का मुस्कुराया।

फिर उसने जवाब लिखा—

"आज पहली बार लगा... शायद मैं सच में जिंदगी बदल सकता हूँ।"

कुछ सेकंड बाद रिप्लाई आया—

"तुम सिर्फ़ अपनी नहीं बदलोगे।"

उसने स्क्रीन को बहुत देर तक देखा।

फिर धीरे से आँखें बंद कर लीं।

क्योंकि कई बार जिंदगी एक दिन में नहीं बदलती।

लेकिन कुछ दिन ऐसे होते हैं...

जहाँ से बदलाव शुरू हो जाता है।

22. सपनों का पहला दरवाज़ा खुल चुका था

स्कॉलरशिप मिलने के बाद घर का माहौल बदलने लगा था।

कमरा वही था।

दीवारों की सीलन वही थी।

गली वही थी।

लेकिन लोगों के चेहरों पर पहली बार डर से ज्यादा उम्मीद दिखाई देने लगी थी।

सुनीता अब पहले जैसी हर समय घबराई हुई नहीं लगती थीं। वो काम करते-करते अचानक मुस्कुरा देतीं। कई बार चुपचाप आरव को पढ़ते हुए देखतीं और उनकी आँखें भर जातीं।

शायद एक माँ के लिए इससे बड़ी खुशी कुछ नहीं होती—

जब उसे लगे कि उसके बच्चे की जिंदगी उससे बेहतर होने वाली है।

उधर राजेश भी अब पहले से थोड़ा शांत रहने लगे थे। उनकी तबीयत पूरी तरह ठीक नहीं थी, लेकिन अब उनके चेहरे पर हर समय चिंता नहीं रहती थी।

जैसे उनके भीतर वर्षों से जमा हुआ कोई डर धीरे-धीरे कम होने लगा हो।

एक रात वो खिड़की के पास बैठे थे। बाहर गर्मियों की हवा चल रही थी। गली में बच्चे अब भी खेल रहे थे। दूर कहीं शादी में बजने वाले गाने की आवाज़ आ रही थी।

आरव उनके पास जाकर बैठ गया।

कुछ देर दोनों चुप रहे।

फिर अचानक राजेश बोले—

“तुझे पता है... मैं सबसे ज्यादा किस बात से डरता था?”

आरव ने उनकी तरफ देखा।

उन्होंने हल्की मुस्कान दी।

“कि कहीं तू भी मेरी तरह जिंदगी भर बस जिम्मेदारियाँ उठाता न रह जाए।”

उनकी आवाज़ धीमी थी।

“मैं नहीं चाहता था कि तू अपने सपने मारकर जीना सीखे।”

आरव चुपचाप सुनता रहा।

राजेश ने पहली बार खुलकर अपने दिल की बात कही थी।

"गरीबी सबसे पहले इंसान के सपनों को छोटा करती है बेटा।"

उन्होंने बाहर सड़क की तरफ देखते हुए कहा—

"लेकिन तूने... तूने मुझे पहली बार यकीन दिलाया कि शायद हमारी किस्मत बदल सकती है।"

आरव की आँखें हल्की भर आई।

उसने धीरे से कहा—

"अब आपको और मेहनत नहीं करनी पड़ेगी पापा।"

राजेश हल्का हँसे।

"अभी बहुत लंबा रास्ता है।"

फिर उन्होंने बेटे की तरफ देखा।

"लेकिन अब मुझे डर कम लगता है।"

उस एक लाइन में सालों की थकान छुपी हुई थी।

अगले कुछ हफ्तों में स्कूल में भी सब कुछ बदलने लगा। टीचर्स अब आरव को अलग नज़र से देखने लगे थे। जो बच्चे पहले उसका मज़ाक उड़ाते थे, अब उससे नोट्स मांगते थे।

लेकिन आरव अब भी पहले जैसा ही था।

शांत।

साधारण।

और भीतर से अब भी जिम्मेदारियों से भरा हुआ।

एक दिन लंच ब्रेक में वो और काव्या स्कूल की छत पर बैठे थे। गर्म हवा धीरे-धीरे चल रही थी। आसमान साफ था।

काव्या उसे लगातार देख रही थी।

"क्या हुआ?" आरव ने पूछा।

वो मुस्कुराई।

"कुछ नहीं।"

"फिर ऐसे क्यों देख रही हो?"

उसने धीरे से कहा—

"बस ये सोच रही हूँ... कि जिस लड़के को पहली बार लाइब्रेरी में देखा था... वो कितना बदल गया है।"

आरव हल्का हँसा।

"इतना भी नहीं।"

"बहुत।"

काव्या की आँखों में सच्चाई थी।

"पहले तुम सिर्फ़ डरते थे। अब तुम्हारे अंदर भरोसा भी दिखता है।"

कुछ सेकंड तक दोनों चुप रहे।

फिर अचानक उसने पूछा—

"अगर जिंदगी सच में बदल गई ना... तो सबसे पहले कहाँ जाना चाहोगे?"

आरव ने बिना सोचे जवाब दिया—

"आज़मगढ़।"

उसकी आँखों में हल्की चमक आ गई।

"मैं माँ-पापा को वापस वहाँ ले जाना चाहता हूँ... लेकिन इस बार मजबूरी में नहीं।"

उसकी आवाज़ धीमी हो गई।

"इस बार इज्जत के साथ।"

काव्या उसे देखती रही।

शायद पहली बार उसे एहसास हुआ कि आरव की सारी लड़ाइयाँ सिर्फ़ पैसों की नहीं थीं।

वो अपने परिवार को सम्मान दिलाने के लिए लड़ रहा था।

शाम को जब आरव घर लौटा तो उसने देखा सुनीता पुराने कपड़ों की अलमारी साफ कर रही थीं।

वो अचानक एक पुरानी तस्वीर निकालकर मुस्कुराने लगीं।

"ये देखो..."

उन्होंने तस्वीर उसकी तरफ बढ़ाई।

तस्वीर में छोटा-सा आरव था। आज़मगढ़ के घर के बाहर मिट्टी में बैठा हुआ। चेहरे पर बड़ी-सी मुस्कान।

राजेश पीछे खड़े थे।

तब उनके चेहरे पर इतनी थकान नहीं थी।

आरव तस्वीर को बहुत देर तक देखता रहा।

फिर धीरे से बोला—

"हम वापस जाएँगे एक दिन।"

सुनीता ने उसकी तरफ देखा।

"कहाँ?"

"घर।"

उसकी आवाज़ में पहली बार पूरा भरोसा था।

उस रात वो देर तक सो नहीं पाया।

लेकिन इस बार वजह चिंता नहीं थी।

इस बार वो भविष्य के बारे में सोच रहा था।

एक ऐसा भविष्य...

जहाँ उसके पिता चैन से सो सकें।

जहाँ उसकी माँ खर्च गिनकर न जिए।

जहाँ प्यार डर से छोटा न हो।

और शायद...

वही पहली रात थी...

जब उसने सपनों को डर से बड़ा महसूस किया।

23. जब जिम्मेदारियाँ और बड़ी हो गईं

समय धीरे-धीरे आगे बढ़ रहा था।

स्कॉलरशिप मिलने के बाद जिंदगी पूरी तरह आसान तो नहीं हुई थी, लेकिन अब हर दिन पहले जितना भारी भी नहीं लगता था। घर में पहली बार ऐसा महसूस होने लगा था कि शायद भविष्य सिर्फ़ डर का नाम नहीं है।

लेकिन संघर्ष अब भी खत्म नहीं हुआ था।

असल में कुछ लोगों की जिंदगी में मुश्किलें अचानक नहीं जातीं...

वो धीरे-धीरे जगह छोड़ती हैं।

कॉलेज शुरू होने वाला था। आरव अब पहले से ज़्यादा व्यस्त रहने लगा था। एडमिशन फॉर्म, डॉक्यूमेंट, फीस, यात्रा—हर चीज़ नई थी। उसके लिए ये सिर्फ़ कॉलेज नहीं था।

ये उस दुनिया का पहला दरवाज़ा था...

जहाँ पहुँचने का सपना उसके पिता ने सालों पहले देखा था।

एक सुबह वो और राजेश कॉलेज का फॉर्म जमा करने निकले। दिल्ली की गर्मी अब तेज़ होने लगी थी। बसों में भीड़ पहले से ज्यादा थी। सड़कें धूप से चमक रही थीं।

राजेश धीरे-धीरे चल रहे थे।

उनकी तबीयत अब भी पूरी तरह ठीक नहीं थी।

लेकिन आज उनके चेहरे पर थकान से ज़्यादा गर्व था।

कॉलेज की बड़ी इमारत के सामने पहुँचकर वो कुछ सेकंड चुप खड़े रहे।

फिर धीरे से बोले—

"मैंने कभी सोचा नहीं था... मेरा बेटा यहाँ पढ़ेगा।"

उनकी आँखों में चमक थी।

आरव ने पहली बार अपने पिता को इतना खुश देखा था।

वो पल छोटा था...

लेकिन उस छोटे-से पल में सालों का संघर्ष छुपा हुआ था।

कॉलेज की शुरुआत आसान नहीं थी। वहाँ की दुनिया स्कूल से बिल्कुल अलग थी। बड़े-बड़े क्लासरूम। अंग्रेज़ी में बातचीत करने वाले छात्र। महंगे फोन। ब्रांडेड कपड़े।

कई बार आरव खुद को वहाँ अजीब महसूस करता।

जैसे वो उस दुनिया का हिस्सा नहीं है।

पहले दिन जब वो क्लास में बैठा था, उसके आसपास बैठे लड़के विदेश, बिज़नेस और ट्रिप्स की बातें कर रहे थे।

और वो...

वो मन ही मन बस ये सोच रहा था कि इस महीने घर का किराया समय पर भर पाएँगे या नहीं।

गरीबी सिर्फ़ पैसों की कमी नहीं होती।

गरीबी कई बार इंसान के आत्मविश्वास को भी धीरे-धीरे छोटा कर देती है।

लेकिन आरव ने खुद को टूटने नहीं दिया।

वो रोज़ सबसे पहले क्लास पहुँचता। लाइब्रेरी में घंटों बैठता। नोट्स बनाता। और शाम होते ही घर लौट आता।

उधर घर की जिम्मेदारियाँ अब भी उसी तरह थीं।

राजेश की तबीयत बार-बार खराब हो रही थी। कई बार उन्हें तेज़ खाँसी के कारण रात को नींद नहीं आती। लेकिन वो अब भी काम छोड़ने को तैयार नहीं थे।

एक रात खाना खाते समय अचानक उन्हें तेज़ खाँसी शुरू हो गई।

इतनी तेज़ कि उनकी आँखें लाल हो गईं।

सुनीता घबरा गईं।

"बस भी करो अब काम..."

लेकिन राजेश हल्का मुस्कुरा दिए।

"घर अभी पूरी तरह संभला नहीं है।"

उनकी आवाज़ धीमी थी।

आरव चुपचाप उन्हें देखता रहा।

उस रात उसने फैसला किया—

अब उसे पढ़ाई के साथ काम भी करना होगा।

अगले ही हफ्ते उसने कॉलेज के बाद एक छोटे कोचिंग सेंटर में बच्चों को पढ़ाना शुरू कर दिया।

शाम को चार घंटे।

बहुत कम पैसे मिलते थे।

लेकिन जब उसने अपनी पहली कमाई हाथ में ली...

उसके हाथ काँप गए।

वो रकम बहुत छोटी थी।

लेकिन उसके लिए वो सिर्फ़ पैसे नहीं थे।

वो उसके पिता के संघर्ष का थोड़ा-सा बोझ कम करने की शुरुआत थी।

घर लौटकर उसने वो पैसे चुपचाप सुनीता के हाथ में रख दिए।

सुनीता कुछ सेकंड उसे देखती रहीं।

"ये क्या है?"

आरव हल्का मुस्कुराया।

"पहली कमाई।"

उनकी आँखें तुरंत भर आईं।

"तू पढ़ाई करेगा या घर चलाएगा?"

आरव ने बहुत धीरे से कहा—

"दोनों।"

उस जवाब में वही जिद थी...

जो कभी उसके पिता की आँखों में हुआ करती थी।

उधर काव्या अब भी उसके साथ थी। कॉलेज अलग होने के बावजूद दोनों रोज़ बात करते। कभी फोन पर, कभी लाइब्रेरी में, कभी बस स्टॉप पर।

लेकिन अब उनकी बातों में बचपना कम होने लगा था।

भविष्य ज्यादा आने लगा था।

एक शाम दोनों पुराने स्कूल की छत पर बैठे थे। हवा गर्म थी, लेकिन शाम खूबसूरत लग रही थी।

काव्या ने धीरे से पूछा—

"तुम कभी अपने लिए भी सोचते हो?"

आरव हल्का हँसा।

"समय ही नहीं मिलता।"

"और अगर एक दिन सब ठीक हो गया तो?"

इस बार वो कुछ सेकंड चुप रहा।

फिर बहुत धीरे से बोला—

"फिर शायद पहली बार चैन से सोऊँगा।"

काव्या उसे देखती रही।

क्योंकि वो जानती थी—

कुछ लोग पूरी जिंदगी आराम नहीं खोजते।

बस थोड़ा-सा सुकून खोजते हैं।

नीचे दिल्ली की सड़कें अब भी भाग रही थीं।

लेकिन उस छत पर बैठा एक लड़का अब धीरे-धीरे अपनी जिम्मेदारियों से बड़ा होता जा रहा था।

और शायद...

उसी के साथ उसका भविष्य भी।

24. कुछ सपने प्यार से भी डरते हैं

कॉलेज शुरू हुए अब कई महीने बीत चुके थे।

आरव की जिंदगी अब पहले से कहीं ज़्यादा व्यस्त हो चुकी थी। सुबह कॉलेज, शाम कोचिंग सेंटर में पढ़ाना, रात को अपनी पढ़ाई... और इन सबके बीच घर की जिम्मेदारियाँ।

उसकी दिनचर्या इतनी थकाने वाली हो गई थी कि कई बार उसे खुद याद नहीं रहता था कि आख़िरी बार उसने बिना चिंता के कब साँस ली थी।

लेकिन फिर भी...

वो रुका नहीं।

क्योंकि अब उसके भीतर सिर्फ़ सपना नहीं था।

एक ज़िद थी।

अपने परिवार की जिंदगी बदलने की ज़िद।

उधर राजेश की तबीयत अब धीरे-धीरे और कमजोर होती जा रही थी। वो पहले जितना काम नहीं कर पाते थे। कई बार दुकान से लौटते समय उन्हें बीच रास्ते बैठना पड़ता।

लेकिन वो अब भी अपने चेहरे पर वही पुरानी मुस्कान बनाए रखते।

जैसे वो घरवालों को डरने नहीं देना चाहते थे।

एक रात खाना खाते समय अचानक उनकी खाँसी फिर शुरू हो गई। इस बार खाँसी इतनी तेज़ थी कि उनकी आँखों से पानी निकल आया।

सुनीता तुरंत पानी लेकर आई।

"अब बस भी करिए..."

उनकी आवाज़ भर गई थी।

"शरीर जवाब दे रहा है।"

राजेश कुछ सेकंड चुप रहे।

फिर बहुत धीरे से बोले—

"अगर मैं रुक गया... तो घर फिर डरने लगेगा।"

कमरे में अचानक खामोशी छा गई।

आरव चुपचाप अपने पिता को देखता रहा।

उस पल उसे पहली बार एहसास हुआ—

उसके पिता अब सिर्फ़ थके नहीं हैं।

वो भीतर से टूटने लगे हैं।

उस रात वो देर तक सो नहीं पाया।

खिड़की के बाहर गर्म हवा चल रही थी। सड़क पर अब भी कुछ गाड़ियाँ गुजर रही थीं। दिल्ली की रातें कभी पूरी तरह शांत नहीं होतीं।

लेकिन उसके भीतर जो शोर था...

उससे ज़्यादा तेज़ कुछ नहीं था।

अगले दिन कॉलेज में उसका ध्यान बिल्कुल नहीं लगा। क्लास में प्रोफेसर पढ़ा रहे थे, लेकिन उसके दिमाग में सिर्फ़ घर घूम रहा था।

तभी फोन वाइब्रेट हुआ।

काव्या का मैसेज था—

"शाम को मिलोगे?"

उसने कुछ सेकंड स्क्रीन को देखा।

फिर जवाब लिखा—

"हाँ।"

शाम को दोनों पुराने पार्क में मिले जहाँ वो पहले भी कई बार बैठ चुके थे। गर्मियों की शाम थी। पेड़ों से सूखे पत्ते गिर रहे थे। बच्चे दूर झूले खेल रहे थे।

लेकिन आरव आज बहुत चुप था।

काव्या ने आते ही महसूस कर लिया।

"फिर से बहुत सोच रहे हो?"

आरव हल्का मुस्कुराया।

"अब तो यही आदत है।"

वो उसके पास बैठ गई।

कुछ देर तक दोनों चुप रहे।

फिर अचानक काव्या ने धीरे से पूछा—

"तुम खुश हो?"

सवाल सुनकर वो कुछ सेकंड तक उसे देखता रहा।

जैसे जवाब ढूँढ़ रहा हो।

फिर उसने बहुत धीरे से कहा—

"पता नहीं।"

उसकी आवाज़ में थकान थी।

"कभी-कभी लगता है जिंदगी बस भाग रही है... और मैं उसके पीछे भागते-भागते खुद को भूलता जा रहा हूँ।"

काव्या की आँखें हल्की भर आईं।

वो जानती थी—

आरव बाहर से जितना मजबूत दिखता है, अंदर से उतना ही थका हुआ है।

उसने धीरे से उसका हाथ पकड़ लिया।

"तुम्हें पता है तुम्हारी सबसे बड़ी समस्या क्या है?"

आरव हल्का हँसा।

"तुम्हारे पास हर दिन नई समस्या होती है।"

इस बार काव्या नहीं मुस्कुराई।

"तुम खुद को कभी आराम नहीं करने देते।"

उसकी आवाज़ बेहद नरम थी।

"तुम हर वक्त बस लड़ते रहते हो।"

आरव कुछ सेकंड चुप रहा।

फिर सड़क की तरफ देखते हुए बोला—

"क्योंकि अगर मैं रुक गया ना... तो डर वापस आ जाएगा।"

हवा अचानक भारी लगने लगी।

कुछ पल बाद काव्या ने बहुत धीरे से कहा—

"पापा मेरे लिए रिश्ता देख रहे हैं।"

आरव का दिल जैसे एक पल के लिए रुक गया।

उसने तुरंत उसकी तरफ देखा।

"क्या?"

काव्या ने नज़रें झुका लीं।

"बस बात चल रही है अभी..."

उसकी आवाज़ काँप रही थी।

"उन्होंने कहा है कि आगे पढ़ाई के बाद शादी के बारे में सोचेंगे।"

आरव कुछ बोल नहीं पाया।

उसके भीतर अचानक अजीब-सी बेचैनी फैल गई।

पहली बार उसे महसूस हुआ—

शायद जिंदगी उससे काव्या को भी छीन सकती है।

और यही डर उसे अंदर तक तोड़ गया।

कुछ देर तक दोनों बिल्कुल चुप बैठे रहे।

आसपास लोगों की आवाज़ें थीं। बच्चों की हँसी थी। हवा चल रही थी।

लेकिन उनके बीच सिर्फ़ डर था।

फिर अचानक आरव ने बहुत धीमी आवाज़ में पूछा—

"और तुम?"

काव्या ने उसकी तरफ देखा।

उसकी आँखें भर चुकी थीं।

"मैंने कभी तुम्हारे अलावा किसी के बारे में सोचा ही नहीं।"

उस जवाब ने आरव का दिल और भारी कर दिया।

क्योंकि पहली बार उसे लगा—

प्यार सिर्फ़ खूबसूरत नहीं होता।

कभी-कभी वो इंसान को सबसे ज़्यादा डरा भी देता है।

शाम धीरे-धीरे अंधेरे में बदलने लगी थी। पार्क की लाइटें जल चुकी थीं।

आरव ने बहुत धीरे से कहा—

"मैं अभी तुम्हें कुछ देने लायक नहीं हूँ काव्या।"

उसकी आवाज़ टूट रही थी।

"मेरे पास ना पैसा है... ना स्थिर जिंदगी... ना कोई भरोसा।"

काव्या तुरंत बोली—

"मुझे ये सब नहीं चाहिए।"

लेकिन आरव हल्का मुस्कुरा दिया।

वो मुस्कान बहुत दर्द भरी थी।

"लेकिन मुझे चाहिए।"

उसने पहली बार उसकी आँखों में देखते हुए कहा—

"क्योंकि मैं तुम्हें अधूरी जिंदगी नहीं देना चाहता।"

उस पल दोनों की आँखों में आँसू थे।

क्योंकि कभी-कभी प्यार में सबसे मुश्किल चीज़ साथ रहना नहीं होती...

भविष्य का डर होता है।

25. कुछ दूरियाँ मजबूरी बना देती है

उस रात के बाद आरव कई दिनों तक सामान्य नहीं रह पाया।

वो कॉलेज जाता, क्लास में बैठता, नोट्स बनाता, बच्चों को ट्यूशन पढ़ाता... लेकिन उसका मन हर समय कहीं और अटका रहता।

काव्या की बात बार-बार उसके दिमाग में घूमती रहती—

"पापा मेरे लिए रिश्ता देख रहे हैं..."

पहली बार उसे एहसास हुआ कि जिंदगी सिर्फ़ गरीबी से लड़ने का नाम नहीं है।

कई बार समय भी इंसान से बहुत कुछ छीनने लगता है।

उधर घर की हालत अब भी संघर्ष से भरी हुई थी। राजेश पहले से ज़्यादा कमजोर हो चुके थे। अब वो सीढ़ियाँ धीरे-धीरे चढ़ते। खाँसी लगातार बनी रहती। कई बार बात करते-करते उनकी आवाज़ बैठ जाती।

लेकिन सबसे दर्दनाक बात ये थी—

वो अब भी खुद को आराम देने के लिए तैयार नहीं थे।

एक शाम आरव कोचिंग से देर रात घर लौटा। उसने देखा कमरे की लाइट बंद है। सिर्फ़ खिड़की के पास हल्की रोशनी आ रही थी।

अंदर जाकर उसने देखा—

राजेश जाग रहे थे।

वो चुपचाप बैठे बाहर देख रहे थे।

उनकी आँखों में अजीब-सी थकान थी।

आरव धीरे से उनके पास जाकर बैठ गया।

कुछ देर तक दोनों चुप रहे।

फिर अचानक राजेश ने पूछा—

"तू खुश है ना?"

सवाल सुनकर आरव कुछ सेकंड चुप रह गया।

फिर उसने हल्की मुस्कान दी।

"हाँ।"

राजेश उसे देखते रहे।

फिर बहुत धीरे से बोले—

"झूठ बोलना सीख गया है तू।"

कमरे में खामोशी उतर आई।

आरव ने पहली बार महसूस किया—

पिता कई बार वो दर्द भी समझ जाते हैं जो बेटा बोल नहीं पाता।

राजेश ने धीरे से कहा—

"काव्या से लड़ाई हुई?"

आरव चौंक गया।

"आपको कैसे पता?"

उन्होंने हल्की मुस्कान दी।

"जिस दिन इंसान प्यार में होता है ना... उसकी खामोशी बदल जाती है।"

उनकी आवाज़ बेहद शांत थी।

आरव ने नज़रें झुका लीं।

कुछ सेकंड बाद बहुत धीमी आवाज़ में बोला—

"मैं उसे खोना नहीं चाहता..."

उसकी आवाज़ टूटने लगी थी।

"लेकिन मैं उसे रोक भी नहीं सकता।"

राजेश उसे चुपचाप सुनते रहे।

फिर उन्होंने बेटे के कंधे पर हाथ रखा।

"जिंदगी में सबसे मुश्किल चीज़ पता है क्या होती है?"

आरव ने उनकी तरफ देखा।

"किसी अपने को जाने देने का डर।"

उनकी आँखें कहीं दूर देख रही थीं।

"गरीबी सिर्फ़ जेब खाली नहीं करती बेटा..."

उन्होंने धीरे से कहा—

"कई बार इंसान को उसके रिश्तों से भी डराने लगती है।"

उस रात आरव बहुत देर तक जागता रहा।

उसने पहली बार खुद से सवाल किया—

क्या प्यार सच में सिर्फ़ अमीर लोगों के लिए आसान होता है?

क्योंकि उसके पास काव्या को देने के लिए प्यार था...

लेकिन सुरक्षित भविष्य नहीं।

अगले दिन काव्या का फोन आया।

"मिल सकते हो?"

उसने कुछ सेकंड चुप रहकर कहा—

"हाँ।"

दोनों उसी पुराने पार्क में मिले। शाम का समय था। आसमान हल्का धुंधला था। गर्म हवा पेड़ों की पत्तियों को धीरे-धीरे हिला रही थी।

लेकिन आज दोनों की आँखों में पहले जैसी शांति नहीं थी।

काव्या उसे देखते ही समझ गई—

वो पूरी रात नहीं सोया।

"तुम ठीक हो?"

आरव हल्का हँसा।

"अब ये सवाल आदत बन गया है।"

वो उसके सामने बैठ गई।

कुछ देर तक दोनों चुप रहे।

फिर अचानक काव्या ने कहा—

"घर पर सब लोग शादी की बात कर रहे हैं।"

आरव का दिल फिर भारी हो गया।

"मैंने मना किया..."

उसने धीरे से कहा।

"लेकिन कब तक करूँगी... पता नहीं।"

उसकी आँखें भरने लगी थीं।

आरव ने पहली बार महसूस किया—

डर सिर्फ़ उसके अंदर नहीं है।

काव्या भी उतनी ही डरी हुई है।

कुछ सेकंड बाद उसने बहुत धीरे से कहा—

"अगर कभी..."

वो रुक गया।

जैसे शब्द बोलने की हिम्मत नहीं हो रही हो।

"अगर कभी तुम मुझसे दूर चली गई ना..."

उसकी आवाज़ काँप गई।

"तो शायद मैं जिंदगी भर खुद को माफ़ नहीं कर पाऊँगा।"

काव्या की आँखों से आँसू निकल पड़े।

"तुम हमेशा खुद को दोष क्यों देते हो?"

आरव चुप रहा।

क्योंकि सच यही था।

उसे हमेशा लगता था—

अगर जिंदगी में कुछ गलत हुआ...

तो शायद वो काफी अच्छा नहीं था।

काफी सफल नहीं था।

काफी मजबूत नहीं था।

काव्या उसके करीब आई।

उसने बहुत धीरे से उसका हाथ पकड़ लिया।

"सुनो..."

आरव ने उसकी तरफ देखा।

"मुझे बड़ी जिंदगी नहीं चाहिए।"

उसकी आवाज़ टूट रही थी।

"मुझे बस तुम्हारे साथ वाली जिंदगी चाहिए।"

उस एक लाइन ने आरव को अंदर तक हिला दिया।

क्योंकि पहली बार किसी ने उसे उसकी हालत से अलग होकर चुना था।

उसके संघर्ष के बावजूद।

उसकी अधूरी जिंदगी के बावजूद।

लेकिन शायद यही बात उसे और डरा रही थी।

शाम अब पूरी तरह अंधेरे में बदल चुकी थी। पार्क की लाइटें जल चुकी थीं। आसपास बैठे लोग धीरे-धीरे जाने लगे थे।

आरव बहुत देर तक चुप बैठा रहा।

फिर उसने बहुत धीरे से कहा—

"मैं वादा करता हूँ..."

उसने काव्या की आँखों में देखते हुए कहा—

"एक दिन मैं ऐसी जिंदगी बनाऊँगा... जहाँ तुम्हें मुझे खोने का डर न रहे।"

काव्या रोते हुए मुस्कुरा दी।

लेकिन दोनों जानते थे—

वो रास्ता अभी बहुत लंबा था।

और कई बार...

सबसे गहरा प्यार वही होता है...

जो सबसे ज़्यादा डर के साथ जीता है।

26. जब जिंदगी ने पहली बार जवाब दिया

उस रात के बाद आरव पहले जैसा नहीं रहा।

वो अब पहले से भी ज़्यादा चुप रहने लगा था। कॉलेज में लोग अब उसे मेहनती लड़के के रूप में जानते थे। टीचर्स उसकी तारीफ करते थे। जूनियर्स उससे नोट्स मांगते थे। कोचिंग सेंटर में बच्चे उसे "सर" कहकर बुलाने लगे थे।

लेकिन उसके भीतर अब भी डर ज़िंदा था।

क्योंकि जिंदगी ने उसे एक बात बहुत जल्दी सिखा दी थी—

जब तक घर पूरी तरह संभल न जाए...

तब तक कोई जीत पूरी नहीं होती।

गर्मी अब पूरी तरह दिल्ली पर उतर चुकी थी। दोपहर की धूप सड़कों को जला देने वाली लगती थी। बसों में सांस लेना मुश्किल हो जाता था। लेकिन फिर भी रोज़ सुबह आरव वही भागती हुई जिंदगी लेकर घर से निकल जाता।

कॉलेज।

कोचिंग।

घर।

और फिर देर रात तक पढ़ाई।

उसका शरीर अब धीरे-धीरे थकने लगा था। कई बार रात को पढ़ते-पढ़ते उसकी आँखें खुद बंद हो जातीं। लेकिन जैसे ही उसे पिता की खाँसी सुनाई देती...

वो फिर किताब खोल लेता।

एक रात लगभग दो बजे वो पढ़ाई कर रहा था। कमरे में सिर्फ़ एक टेबल लैंप जल रहा था। बाकी सब सो चुके थे।

तभी अचानक उसे महसूस हुआ कि राजेश जाग रहे हैं।

वो चुपचाप उसे देख रहे थे।

आरव ने किताब बंद की।

"सो जाइए पापा।"

राजेश कुछ सेकंड उसे देखते रहे।

फिर धीरे से बोले—

"तू थकता नहीं है?"

आरव हल्का मुस्कुराया।

"थकता हूँ।"

"फिर रुकता क्यों नहीं?"

इस बार उसने बहुत धीरे से जवाब दिया—

"क्योंकि आपने कभी रुकना नहीं सीखा।"

कमरे में खामोशी छा गई।

राजेश की आँखें भर आईं।

उन्होंने पहली बार महसूस किया—

उनका बेटा अब सिर्फ़ बड़ा नहीं हुआ है...

वो उनकी अधूरी लड़ाई लड़ने लगा है।

अगले कुछ दिनों बाद कॉलेज में एक बड़ी कंपनी इंटरनशिप के लिए छात्रों का चयन करने आई। पूरे कॉलेज में हलचल मच गई। हर कोई तैयारी में लग गया।

कुछ बच्चे महंगे कपड़ों में इंटरव्यू देने आए थे। कोई अंग्रेज़ी की प्रैक्टिस कर रहा था। कोई रिज्यूमे बनवा रहा था।

और आरव...

वो लाइब्रेरी के कोने में बैठा चुपचाप पुराने सवाल पढ़ रहा था।

उसे खुद पर भरोसा था।

लेकिन जिंदगी ने उसे हमेशा सबसे बुरे के लिए तैयार रहना सिखाया था।

इंटरव्यू वाले दिन उसने अपनी सबसे अच्छी शर्ट पहनी।

वही सफेद शर्ट...

जो सुनीता ने कई बार धोकर संभालकर रखी थी।

घर से निकलते समय सुनीता ने उसके माथे पर हाथ रखा।

"डर मत।"

आरव हल्का मुस्कुराया।

"अब डर के साथ जीना सीख गया हूँ माँ।"

उनकी आँखें भर आईं।

क्योंकि उन्हें पता था—

उनका बेटा उम्र से पहले बहुत बड़ा हो चुका है।

कॉलेज पहुँचकर उसने देखा पूरा कैंपस तनाव से भरा हुआ है। बच्चे लगातार इधर-उधर घूम रहे थे। कोई पानी पी रहा था। कोई आख़िरी बार नोट्स देख रहा था।

आरव चुपचाप एक कोने में जाकर बैठ गया।

उसके हाथ ठंडे पड़ चुके थे।

दिल बहुत तेज़ धड़क रहा था।

लेकिन तभी फोन वाइब्रेट हुआ।

काव्या का मैसेज था—

"तुम्हें पता है तुम जीत सकते हो?"

आरव कुछ सेकंड स्क्रीन को देखता रहा।

फिर उसने जवाब लिखा—

"पता नहीं।"

कुछ सेकंड बाद रिप्लाई आया—

"मुझे पता है।"

उस छोटे-से मैसेज ने उसके भीतर अजीब-सी शांति पैदा कर दी।

उसका नाम पुकारा गया।

वो धीरे-धीरे इंटरव्यू रूम के अंदर गया।

कमरे में तीन लोग बैठे थे। सामने फाइलें रखी थीं। एसी की ठंडी हवा चल रही थी।

लेकिन उसके माथे पर फिर भी पसीना था।

"Tell us about yourself."

पहला सवाल सुनते ही वो कुछ सेकंड चुप रह गया।

फिर उसने धीरे-धीरे बोलना शुरू किया।

उसने अपने बारे में बताया।

आज़मगढ़ के बारे में बताया।

दिल्ली आने के संघर्ष के बारे में बताया।

पढ़ाई और काम साथ करने के बारे में बताया।

और शायद पहली बार...

उसे अपनी जिंदगी पर शर्म नहीं आई।

क्योंकि संघर्ष छुपाने वाली चीज़ नहीं था।

वो उसकी ताकत बन चुका था।

करीब बीस मिनट बाद इंटरव्यू खत्म हुआ।

बाहर निकलते समय उसके हाथ काँप रहे थे।

उसे समझ नहीं आ रहा था कि क्या होगा।

लेकिन एक अजीब-सी शांति उसके भीतर जरूर थी।

जैसे उसने खुद को पहली बार पूरी ईमानदारी से दुनिया के सामने रखा हो।

तीन दिन बाद रिज़ल्ट आया।

उस शाम वो कोचिंग सेंटर में बच्चों को पढ़ा रहा था जब उसका फोन बजा।

अनजान नंबर था।

उसने कॉल उठाई।

"Hello, Aarav Sharma?"

"जी।"

"Congratulations. You have been selected."

कुछ सेकंड तक उसे कुछ सुनाई ही नहीं दिया।

जैसे पूरी दुनिया अचानक धीमी पड़ गई हो।

उसकी आँखें धीरे-धीरे भरने लगीं।

बच्चे अब भी क्लास में बैठे थे।

बाहर सड़क पर शोर था।

लेकिन उसके भीतर सिर्फ़ एक आवाज़ गूंज रही थी—

"तुम चुन लिए गए हो..."

उसने तुरंत फोन काटा और बाहर चला गया।

उसके हाथ काँप रहे थे।

आँखों से आँसू लगातार निकल रहे थे।

उसने सबसे पहले घर फोन लगाया।

सुनीता ने फोन उठाया।

"हाँ बेटा?"

इस बार उसकी आवाज़ काँप रही थी।

"माँ..."

वो रो पड़ा।

"नौकरी लग गई।"

फोन के उस तरफ अचानक खामोशी छा गई।

फिर सुनीता की रोती हुई आवाज़ आई—

"सच?"

आरव मुस्कुराते हुए रो रहा था।

"हाँ माँ..."

उसने आसमान की तरफ देखा।

दिल्ली की गर्म हवा उसके चेहरे से टकरा रही थी।

लेकिन उस पल उसे पहली बार लगा—

शायद जिंदगी सच में बदल रही है।

27. जिस दिन पिता पहली बार चैन से सोए

उस रात घर का माहौल बिल्कुल अलग था।

कमरा वही छोटा-सा था। वही पुरानी दीवारें। वही छत का धीरे-धीरे घूमता हुआ पंखा। वही खिड़की जिसके बाहर हमेशा दिल्ली का शोर सुनाई देता था।

लेकिन आज उस कमरे में पहली बार डर से ज्यादा खुशी थी।

सुनीता बार-बार आरव को देख रही थीं। जैसे उन्हें अब भी यकीन नहीं हो रहा था कि उनका बेटा सच में नौकरी के लिए चुन लिया गया है।

राजेश चुपचाप बैठे थे।

लेकिन उनकी आँखों में जो चमक थी...

वो आरव ने बचपन के बाद पहली बार देखी थी।

उस रात सुनीता ने फिर मीठा बनाया। बहुत थोड़ा-सा था। चीनी भी मुश्किल से बची थी।

लेकिन उस छोटे-से घर में वो किसी त्योहार से कम नहीं था।

राजेश ने पहली बार मुस्कुराते हुए कहा—

"लगता है अब घर की किस्मत सच में बदल रही है।"

उनकी आवाज़ धीमी थी।

लेकिन उसमें सालों बाद उम्मीद थी।

रात को खाना खाने के बाद सब काफी देर तक जागते रहे। छोटी बहन लगातार सवाल पूछ रही थी—

"भैया अब बड़े ऑफिस जाएँगे?"

"क्या अब हम नया घर लेंगे?"

"क्या अब पापा काम छोड़ देंगे?"

कमरे में हल्की हँसी गूँज रही थी।

और वही छोटी-सी हँसी उस घर के लिए किसी दौलत से कम नहीं थी।

क्योंकि गरीबी में लोग बड़ी खुशियाँ कम मनाते हैं...

वो छोटी खुशियों को बहुत संभालकर जीते हैं।

कुछ देर बाद राजेश ने धीरे से आरव को अपने पास बुलाया।

"इधर बैठ।"

आरव उनके पास जाकर बैठ गया।

कुछ सेकंड तक राजेश उसे देखते रहे।

फिर बहुत धीमी आवाज़ में बोले—

"मुझे माफ़ कर देना बेटा।"

आरव चौंक गया।

"किस बात के लिए?"

राजेश की आँखें हल्की भर आई।

"तुझे बचपन नहीं दे पाया।"

कमरे में अचानक खामोशी छा गई।

आरव कुछ बोल नहीं पाया।

राजेश आगे बोले—

"जब तू छोटा था ना... तब मैं हमेशा डरता रहता था। किराया कैसे भरूँगा... फीस कैसे दूँगा... घर कैसे चलाऊँगा..."

उन्होंने मुश्किल से साँस ली।

"और इसी डर में पता ही नहीं चला... तू कब बड़ा हो गया।"

उनकी आवाज़ टूटने लगी थी।

"तूने उम्र से पहले जिम्मेदारियाँ उठा लीं।"

आरव की आँखें भर चुकी थीं।

उसने तुरंत अपने पिता का हाथ पकड़ लिया।

"ऐसा मत बोलिए पापा..."

उसकी आवाज़ काँप रही थी।

"अगर आपने इतना संघर्ष नहीं किया होता ना... तो मैं यहाँ तक कभी नहीं पहुँचता।"

राजेश चुपचाप उसे देखते रहे।

फिर उनकी आँखों से धीरे-धीरे आँसू निकल पड़े।

शायद वो आँसू कमजोरी के नहीं थे।

वो सालों की थकान के आँसू थे।

उस रात बहुत समय बाद पिता और बेटे दोनों खुलकर रोए।

और शायद उसी रात उनके बीच वो सारी दूरियाँ खत्म हो गईं...

जो मजबूरियों ने धीरे-धीरे बना दी थीं।

अगले कुछ हफ्तों में जिंदगी धीरे-धीरे बदलने लगी।

आरव ने इंटरनशिप शुरू कर दी। सुबह कॉलेज, फिर ऑफिस, फिर रात को घर।

दिन अब पहले से भी ज्यादा व्यस्त थे।

लेकिन फर्क सिर्फ़ इतना था—

अब मेहनत के साथ उम्मीद भी थी।

पहली सैलरी मिलने वाला दिन आरव कभी नहीं भूल सकता था।

ऑफिस से बाहर निकलते समय उसके हाथ काँप रहे थे। मोबाइल स्क्रीन पर सैलरी का मैसेज बार-बार चमक रहा था।

रकम बहुत बड़ी नहीं थी।

लेकिन उसके लिए वो सिर्फ़ पैसे नहीं थे।

वो उसके पिता की झुकती हुई कमर का जवाब था।

वो उसकी माँ की अधूरी इच्छाओं का पहला सहारा था।

वो उन रातों की कीमत थी...

जब उसने नींद से ज्यादा जिम्मेदारियाँ चुनी थीं।

घर पहुँचते ही उसने बिना कुछ कहे पूरा पैसा सुनीता के हाथ में रख दिया।

सुनीता कुछ सेकंड तक नोटों को देखती रहीं।

फिर अचानक उनकी आँखें भर आईं।

"अपने पास रखो बेटा..."

लेकिन आरव मुस्कुरा दिया।

"अब घर पहले।"

उसकी आवाज़ बिल्कुल राजेश जैसी लग रही थी।

सुनीता रोते हुए हँस पड़ीं।

क्योंकि उन्हें पहली बार महसूस हुआ—

उनका बेटा अब सच में इस घर का सहारा बन चुका है।

उस रात आरव चुपचाप छत पर जाकर बैठ गया।

गर्म हवा धीरे-धीरे चल रही थी। दूर-दूर तक दिल्ली की लाइटें चमक रही थीं।

उसने फोन निकाला।

काव्या का मैसेज पहले से पड़ा था—

"पहली सैलरी वाले आदमी... पार्टी कब दे रहे हो?"

आरव हल्का हँस पड़ा।

फिर उसने जवाब लिखा—

"पार्टी छोटी होगी... लेकिन दिल से होगी।"

कुछ सेकंड बाद रिप्लाई आया—

"मुझे बड़ी चीज़ें कभी चाहिए भी नहीं थीं।"

उस मैसेज को पढ़कर वो काफी देर तक मुस्कुराता रहा।

क्योंकि अब पहली बार उसे महसूस होने लगा था—
शायद जिंदगी उससे सब कुछ छीनने नहीं आई थी।
शायद वो उसे कुछ लौटाने भी लगी थी।

उस रात जब वो नीचे कमरे में वापस आया...
उसने देखा राजेश गहरी नींद में सो रहे हैं।
बहुत समय बाद।
बिना चिंता वाली नींद।
आरव कुछ सेकंड उन्हें देखता रहा।
फिर उसके चेहरे पर हल्की मुस्कान आ गई।

क्योंकि शायद...
उसकी सबसे बड़ी जीत नौकरी नहीं थी।

उसकी सबसे बड़ी जीत ये थी—
कि उसके पिता पहली बार चैन से सो पाए थे।

28. वापसी उस शहर की... जहाँ सपने अधूरे छूट गए थे

समय अब धीरे-धीरे बदल रहा था।

आरव की नौकरी शुरू हुए कई महीने बीत चुके थे। जिंदगी अब भी आसान नहीं थी, लेकिन अब हर दिन सिर्फ़ डर लेकर नहीं आता था।

घर का किराया समय पर भरने लगा था।

राजेश अब पहले जितना काम नहीं करते थे।

सुनीता खर्च करते समय पहले जैसी घबराती नहीं थीं।

और सबसे बड़ी बात—

उस छोटे-से कमरे में अब भविष्य की बातें होने लगी थीं।

एक शाम सब लोग साथ बैठे खाना खा रहे थे। बाहर हल्की बारिश हो रही थी। गर्मियों के बाद पहली बारिश हमेशा दिल्ली को थोड़ी राहत दे जाती है।

हवा में मिट्टी की खुशबू थी।

तभी अचानक राजेश धीरे से बोले—

"बहुत साल हो गए..."

सबने उनकी तरफ देखा।

"आज़मगढ़ गए हुए।"

कमरे में कुछ सेकंड के लिए खामोशी छा गई।

आरव ने पहली बार उनके चेहरे पर वो पुरानी यादें देखीं...

जो शायद वो सालों से भीतर दबाए बैठे थे।

सुनीता हल्का मुस्कुराई।

"वहाँ अब कौन बचा है?"

राजेश खिड़की के बाहर देखने लगे।

"घर तो है।"

उनकी आवाज़ बहुत धीमी थी।

"भले टूटा हुआ हो..."

उस एक लाइन में इतना दर्द था कि आरव कुछ पल चुप रह गया।

उसे अचानक वो पुरानी तस्वीर याद आई...

मिट्टी वाला आँगन।

छोटा घर।

बचपन वाली मुस्कान।

और फिर अचानक दिल्ली का संघर्ष।

उस रात वो देर तक सो नहीं पाया।

उसके दिमाग में लगातार एक ही बात घूम रही थी—

"हम वापस जाएँगे..."

लेकिन इस बार हारकर नहीं।

अगले ही हफ्ते उसने फैसला कर लिया।

वो अपने माँ-पापा को आज़मगढ़ लेकर जाएगा।

पहली बार...

सम्मान के साथ।

जब उसने ये बात घर में बताई, सुनीता कुछ सेकंड तक उसे देखती रहीं।

"सच?"

उनकी आँखों में चमक आ गई।

राजेश कुछ नहीं बोले।

लेकिन उनकी आँखें धीरे-धीरे भर गईं।

शायद उन्होंने सालों बाद अपने गाँव लौटने की उम्मीद छोड़ दी थी।

यात्रा वाले दिन सुबह-सुबह सब तैयार हो गए। छोटी बहन सबसे ज्यादा उत्साहित थी। वो लगातार सवाल पूछ रही थी—

"वहाँ हमारा घर कैसा है?"

"क्या वहाँ खेत हैं?"

"क्या वहाँ भी दिल्ली जैसी भीड़ होती है?"

कमरे में हल्की हँसी गूँज रही थी।

और वो हँसी सुनकर आरव के चेहरे पर भी शांति आ गई।

ट्रेन धीरे-धीरे दिल्ली से बाहर निकलने लगी।

बड़ी-बड़ी इमारतें पीछे छूटती गईं।

फिर सड़कें छोटी होने लगीं।

हवा बदलने लगी।

और राजेश...

वो पूरी यात्रा खिड़की के बाहर देखते रहे।

जैसे वो सिर्फ़ रास्ता नहीं देख रहे थे...

अपना बीता हुआ जीवन देख रहे हों।

करीब शाम तक वो Azamgarh पहुँचे।

स्टेशन पहले जैसा नहीं रहा था। बहुत कुछ बदल चुका था।

लेकिन कुछ चीज़ें अब भी वैसी ही थीं।

हवा।

मिट्टी की खुशबू।

लोगों की बोली।

और वो अपनापन...

जो बड़े शहरों में धीरे-धीरे खो जाता है।

गाँव की तरफ जाते समय राजेश अचानक बहुत शांत हो गए।

उनकी आँखें लगातार भर रही थीं।

जब वो पुराने घर के सामने पहुँचे...

तो कुछ सेकंड तक कोई कुछ नहीं बोला।

घर सच में पुराना हो चुका था। दीवारों की मिट्टी कई जगह टूट चुकी थी। आँगन सूना था। दरवाज़े पर जंग लगी हुई थी।

लेकिन फिर भी...

वो घर था।

उनका अपना घर।

सुनीता धीरे-धीरे अंदर गईं।

उन्होंने दीवार को हाथ लगाया।

और अगले ही पल उनकी आँखों से आँसू निकल पड़े।

"यहीं से गए थे ना हम..."

उनकी आवाज़ काँप रही थी।

राजेश चुपचाप आँगन के बीच खड़े रहे।

फिर बहुत धीरे से बैठ गए।

उन्होंने मिट्टी को हाथ से छुआ।

और पहली बार...

वो खुलकर रो पड़े।

सालों का दर्द।

हार।

संघर्ष।

अपमान।

सब कुछ जैसे उस मिट्टी में वापस लौट आया था।

आरव कुछ दूर खड़ा उन्हें देखता रहा।

उसकी आँखें भी भर चुकी थीं।

क्योंकि उसने पहली बार समझा—

इंसान चाहे कितनी भी दूर चला जाए...

उसका पहला घर हमेशा उसके अंदर जिंदा रहता है।

शाम धीरे-धीरे रात में बदलने लगी। गाँव के आसमान में उतने तारे थे जितने उसने वर्षों से नहीं देखे थे।

दिल्ली में आसमान भी अधूरा दिखाई देता था।

लेकिन यहाँ...

सब कुछ खुला था।

हवा भी।

यादें भी।

और शायद दिल भी।

उस रात सब लोग पुराने आँगन में बैठे थे। बिजली बार-बार जा रही थी। दूर कहीं मंदिर की घंटी बज रही थी।

राजेश ने बहुत देर बाद धीरे से कहा—

"आज पहली बार लग रहा है..."

उन्होंने आरव की तरफ देखा।

"हम हारकर नहीं लौटे।"

आरव चुप रहा।

लेकिन उसके भीतर कुछ भर चुका था।

क्योंकि कई बार सफलता पैसे से नहीं मापी जाती।

कभी-कभी सफलता सिर्फ़ इतनी होती है—

कि आपके माता-पिता अपने पुराने घर लौटते समय शर्मिंदा न हों।

29. कुछ रिश्ते इंतज़ार के बाद और गहरे हो जाते हैं

आज़मगढ़ से लौटने के बाद आरव पूरी तरह बदल चुका था।

अब उसकी आँखों में पहले जैसी बेचैनी कम दिखाई देती थी। संघर्ष अब भी था, जिम्मेदारियाँ अब भी थीं, लेकिन उसके भीतर एक नई शांति आ गई थी।

शायद इसलिए क्योंकि पहली बार उसने अपने पिता को मुस्कुराते हुए देखा था।

सच्ची मुस्कान।

बिना डर वाली मुस्कान।

और वही उसके लिए सबसे बड़ी जीत थी।

दिल्ली लौटने के बाद जिंदगी फिर अपनी रफ्तार में चलने लगी। ऑफिस, कॉलेज, घर—सब कुछ पहले जैसा था। लेकिन अब उनके छोटे-से कमरे में उम्मीद रहती थी।

सुनीता अब घर की चीज़ें बदलने लगी थीं। कभी नए पर्दे ले आतीं। कभी रसोई के लिए छोटा-सा सामान। छोटी-छोटी चीज़ें थीं...

लेकिन उन चीज़ों में सालों बाद जीने की इच्छा दिखाई देती थी।

राजेश अब ज़्यादा समय घर पर बिताने लगे थे। शाम को वो गली में टहलने निकल जाते। कई बार बच्चों को खेलते हुए देखते रहते।

एक दिन आरव ने उनसे पूछा—

"क्या सोच रहे हैं?"

राजेश हल्का मुस्कुराए।

"बस ये कि जिंदगी इतनी भी बुरी नहीं थी।"

आरव चुप हो गया।

क्योंकि वो जानता था—

ये वही आदमी था जिसने पूरी जिंदगी अपने दर्द को मज़ाक बनाकर छुपाया था।

उधर काव्या और आरव के बीच भी अब पहले जैसी दूरी नहीं रही थी। वो दोनों अब पहले से ज़्यादा समझदार हो चुके थे। प्यार अब सिर्फ़ भावनाओं तक सीमित नहीं था।

उसमें जिम्मेदारी भी आ गई थी।

एक शाम दोनों उसी पुराने पार्क में बैठे थे जहाँ कभी डर उनकी बातों में सबसे ज़्यादा होता था।

लेकिन आज हवा अलग लग रही थी।

शांत।

हल्की।

सुकून वाली।

काव्या उसे लगातार देख रही थी।

"क्या हुआ?" आरव ने पूछा।

वो हल्का मुस्कुराई।

"तुम बदल गए हो।"

"कैसे?"

"पहले तुम्हारी आँखों में सिर्फ़ डर होता था।"

उसने बहुत धीरे से कहा—

"अब भरोसा भी दिखता है।"

आरव कुछ सेकंड चुप रहा।

फिर आसमान की तरफ देखते हुए बोला—

"शायद इसलिए क्योंकि अब पहली बार लग रहा है... कि जिंदगी हमें हराने नहीं आई।"

काव्या की आँखें हल्की भर आईं।

"तुम्हें पता है..." उसने धीरे से कहा, "मैंने कभी तुमसे बड़ी जिंदगी नहीं माँगी।"

आरव उसकी तरफ देखने लगा।

"मुझे बस ये चाहिए था कि एक दिन तुम खुद पर भरोसा करना सीख जाओ।"

उस पल आरव को एहसास हुआ—

सच्चा प्यार वो नहीं होता जो सिर्फ़ साथ माँगे।

सच्चा प्यार वो होता है...

जो इंसान को उसके टूटे हुए हिस्सों सहित स्वीकार करे।

कुछ दिनों बाद काव्या ने घर पर पहली बार अपने माता-पिता से आरव के बारे में खुलकर बात की।

शुरुआत आसान नहीं थी।

सवाल हुए।

भविष्य की बातें हुईं।

पैसों की बातें हुईं।

स्थिरता की बातें हुईं।

लेकिन इस बार फर्क ये था—

आरव अब पहले वाला डरा हुआ लड़का नहीं था।

अब उसके पास संघर्ष की कहानी के साथ मेहनत का प्रमाण भी था।

धीरे-धीरे दोनों परिवारों के बीच बातचीत शुरू हुई।

और एक दिन...

राजेश ने बहुत धीरे से आरव से पूछा—

"तू सच में उससे शादी करना चाहता है?"

आरव कुछ सेकंड चुप रहा।

फिर मुस्कुराया।

"हाँ।"

राजेश की आँखों में हल्की चमक आ गई।

"तो फिर डर क्यों रहा है?"

आरव हँस पड़ा।

क्योंकि शायद पहली बार उसके पिता ने उसे डरते हुए नहीं...

जीते हुए देखा था।

शादी बहुत बड़ी नहीं रखी गई।

ना किसी महंगे होटल में।

ना दिखावे में।

बस अपने लोग थे।

अपनापन था।

और वो सुकून था...

जो सालों की लड़ाई के बाद मिलता है।

शादी वाले दिन जब आरव मंडप में बैठा था, उसने एक पल के लिए सामने बैठे अपने माता-पिता को देखा।

सुनीता की आँखें लगातार भरी हुई थीं।

राजेश चुपचाप उसे देख रहे थे।

लेकिन आज उनकी आँखों में डर नहीं था।

सिर्फ़ गर्व था।

और उसी पल आरव को महसूस हुआ—

उसने जिंदगी की सबसे बड़ी लड़ाई जीत ली है।

क्योंकि उसने सिर्फ़ खुद को नहीं संभाला था।

उसने अपने पूरे परिवार को टूटने से बचाया था।

रात को शादी के बाद जब सब लोग धीरे-धीरे जाने लगे, काव्या उसके पास आकर बैठ गई।

कुछ देर दोनों चुप रहे।

फिर काव्या ने धीरे से पूछा—

"अब डर लगता है?"

आरव हल्का मुस्कुराया।

फिर बहुत धीरे से बोला—

"हाँ..."

काव्या उसे देखने लगी।

वो मुस्कुराया।

"लेकिन अब डर से ज़्यादा भरोसा है।"

उस रात दिल्ली की हवा पहले जैसी नहीं लग रही थी।

क्योंकि कुछ कहानियाँ आखिरकार वहाँ पहुँच जाती हैं...

जहाँ दर्द धीरे-धीरे सुकून में बदलने लगता है।

www.ingramcontent.com/pod-product-compliance
Lightning Source LLC
LaVergne TN
LVHW100325210926
848480LV00003B/1256
* 9 7 9 8 9 0 5 1 0 0 8 4 0 *